울트라 코리아

ULTRA KOREA

울트라 코리아 UL TRA KOREA

1판 1쇄 찍음 2021년 12월 7일
1판 1쇄 펴냄 2021년 12월 15일

지은이 | 정사부
펴낸이 | 정 필
펴낸곳 | (주)뿔미디어

편집장 | 문정흠
기획·편집 | 윤석준

출판등록 | 2002년 9월 11일 (제1081-1-132호)
주소 | 경기도 부천시 원미구 소향로17, 303(두성프라자)
전화 | 032)651-6513 팩스 |032)651-6094
E-mail | bbulmedia@hanmail.net
비북스 | http://b-books.co.kr

값 8,000원

ISBN 979-11-6713-670-1 04810
ISBN 979-11-6565-919-6 04810 (세트)

정사부 현대 판타지 장편 소설

11

울트라 코리아
ULTRA KOREA

BBULMEDIA FANTASY STORY

CoNTENTs

1. 기습 공격

중국하면 누구나 떠오르는 이미지가 있을 것이다.

아마도 그것은 '크다'일 터.

유구한 역사를 가지고 있고 다양한 민족이 한데 어울려 살아가는 넓은 땅, 그곳이 중국이다.

그리고 다른 말로는 대륙이라고도 불리기도 하는 곳.

그만큼 중국은 넓었으며 고대로부터 강성한 이민족이 차지하려고 노력을 했지만, 그 어떤 민족도 중국을 지배하지 못했다.

아니, 아주 잠깐의 지배를 하기는 했지만, 중국을 지배하던 민족은 어느 순간 자신들의 정신을 잃어버리고 중국에 동화되어 버렸다.

그렇게 중국에 동화된 민족은 중국에 녹아들어 중국화 되었으며, 이 같은 일들이 무수히 많이 반복되었다.

그런 중국은 현재 칠천만의 중국 공산당이 13억을 지배하는 나라가 되었다.

*　　　　*　　　　*

제복을 입은 군인들이 기관단총을 메고 냉철한 눈빛으로 주변을 삼엄하게 경계하고 있었다.

주변으로는 개미 새끼 한 마리 지나가지 못할 정도로 경계가 삼엄했다.

그리고 이들이 지키는 건물 안에서는 중국의 외교부장인 왕웨이와 북한의 외무상 정의용이 만나 이야기를 나누고 있었다.

"오랜만입니다."

"오랜만입네다, 왕 부장 동지."

인사를 마친 두 사람은 자리에 앉았다.

하지만 그러면서도 서로를 향한 탐색의 눈빛을 내려놓진 않았다.

"왕 부장 동지께서 여까지 찾아오시다니, 어인 일이십네까?"

날카롭게 눈을 빛내던 북한의 외무상 정의용은 무슨 연유로 중국의 외교부장이 이곳에 찾아온 것인지에 대해 단도직입적으로 물었다.

사실 그도 어느 정도 짐작은 하고 있기는 바가 있었다.

하지만 굳이 여기서 먼저 말을 꺼낸다는 것은 협상에서 지고 들어가는 것과 마찬가지였기에 말을 아끼고 있는 것이었다.

이는 중국의 외교부장인 왕웨이 또한 알고 있었지만, 오늘은 그가 북한에 바라는 게 있어 찾아온 것이었기 때문에 어쩔 수가 없었다.

"끙, 남한이 갈수록 군비를 늘리고 군사력을 확충하려 하는데… 북한은 어떻게 생각하고 있습니까?"

왕웨이가 침음을 삼키며 이야기를 꺼냈다.

하지만 그러면서도 곧바로 중요한 얘기는 꺼내지 않고, 살짝 에둘러 표현했다.

비록 협상의 주도권이 없어 먼저 대화의 물꼬를 틀긴 했지만, 바로 자신들의 요구를 언급하는 것보단 살짝 간을 보는 게 협상의 기본이었으니까.

"남조선 아들이 아무리 그래 봐야 핵 한 방이면 끝이지 않갔씁니까?"

왕웨이 외교부장의 질문을 받은 정의용 외무상은 빙

그레 미소를 지어 보이며 자신들이 보유한 핵무기를 언급했다.

국제사회에서는 북한의 핵 보유를 절대로 용납하지 않고 있었고, 그것은 중국 정부 또한 그들과 마찬가지였다.

하지만 정의용 외무상은 중국 외교부장인 왕웨이 앞에선 전혀 거리낄 게 없다는 듯이 핵을 언급하고 있었다.

이는 다분히 현 상황을 인식한 북한이 중국으로부터 자신들이 개발한 핵무기를 인정받기 위한 치밀한 술수였다.

그런데 왕웨이는 방금 북한이 국제사회에서 금지시킨 핵무기를 언급했음에도 불구하고, 이에 대한 어떠한 말도 하지 않았다.

이것은 북한이 생각한 대로 중국이 얼마나 다급한지를 여실히 보여 주고 있는 것과 마찬가지인 행동이었다.

"아무리 핵무기의 위력이 대단하다고 해도 국제사회에 공인되지 않은 무기는 북한에게 하등 좋을 게 없지 않겠소?"

왕웨이는 본격적인 이야기를 꺼내기 전에 밑밥을 깔기 시작했다.

"기거야 어쩔 수 업는 문제 아니갔소? 구구절절한 말은 됐고, 무슨 야기를 꺼내기 위해 이리 동동 돌려서 말하는기요?"

북한의 정의용 외무상은 노련하게 왕웨이의 말을 바로 잡으며 협상의 주도권을 가져왔다.

"그것이……."

말끝은 흐린 왕웨이는 어떻게 말을 꺼내야 할지 고민에 빠졌다.

작금의 중국은 현재 얕잡아 보고 있던 한국으로 인해 곤욕을 치르고 있는 중이었다.

대만과 인도의 국경에서 도발을 하고 있던 중국은 한국산 무기로 인해 어디 가서 말도 못할 엄청난 참패를 겪었다.

이로 인해 중국은 국제적으로 망신을 당했고, 거기에 더해 국제 무기 시장에서 중국산 무기보다는 한국의 것이 훨씬 좋다는 이미지까지 만들어 주게 되어 골치가 아팠다.

그러니 중국의 입장에선 답답할 수밖에 없는 상황이었다.

이에 화가 머리끝까지 난 중국은 최근 한국과 가까운 산동성에 방사포 부대를 이동 배치하는 초강수를 두었다.

하지만 한국은 이런 중국 정부의 대응에 또 다른 대응책을 마련했고, 그것이 바로 스카이넷 시스템이란 미사일 방어 체계였다.

한국은 이 미사일 방어 체계로 로켓과 자주포의 포탄을 방어하는 것은 물론이고, 탄도미사일까지 방어할 수 있는 체계를 마련하였다고 주장했다.

스카이넷 시스템은 THAAD와 다르게 미국의 것이 아닌, 한국의 시스템이었기에 잡을 꼬투리도 없어 중국은 아무런 말도 할 수 없었다.

그렇게 중국이 꺼내 든 카드가 바로 북한이었다.

한국이 스카이넷 시스템을 완벽하게 갖추기 전에 자신들이 아닌, 북한을 흔들어 시스템을 포기하게 만들 계획인 것이었다.

"당신들의 겪는 어려움을 우리가 해결해 줄 테니, 그쪽은 한국이 배치한 스카이넷 시스템이란 것을 확인해 주시면 감사하겠소."

왕웨이는 한참을 고민하더니, 드디어 본격적인 이야기를 꺼내기 시작했다.

중국 공산당의 입장에선 날로 커지는 한국의 힘을 그냥 내버려 둘 수 없었기에 궁리를 하다 나온 계획을 사용하는 것이었다.

자신들이 직접적으로 한국을 공격하게 된다면 동맹인

미국이 가만있지 않을 것이고, 아무리 자신들이 미국과 같은 UN의 상임이사국이라 해도 먼저 한국을 공격한 것이기에 여기저기서 비난을 받을 게 분명했다.

"흠……."

정의용 외무상은 이런 왕웨이 부장의 요구에 말을 흐리며 고뇌에 빠지기 시작했다.

사실 한국의 전력 증강은 자신들 입장에서도 그리 좋을 것이 없었다.

게다가 얼마 전에 본 미사일 방어 체계는 자국이 그동안 준비하던 카드가 수포로 돌아갈 수도 있는 크디큰 문제였다.

미국처럼 말로만 탄도미사일 방어 체계를 만들었다고 떠들고 정작 요격 시험에서는 실패를 한 것이 아닌, 예멘의 후티 반군이 쏘아 올린 미사일을 실제로 요격에 성공을 하지 않았는가.

그러니 자신들도 이를 두고 볼 수만은 없었다.

이렇게 이도 저도 못하고 있는 상황에서 중국에서 뒤를 봐주겠다고 하니, 시도를 하지 않을 이유가 없었다.

하지만 정의용 외무상은 일부러 아무런 말도 하지 않은 채 가만히 있었다.

이에 왕웨이 외교부장이 다급히 입을 열었다.

"앞서 말했다시피 우리는 북한의 어려움을 해결해 드

릴 수 있소. 아니면 따로 원하는 바가 있는 것이오?"

'이쯤 되면 입질이 와야 할 텐데…….'

다행스럽게도 상대방의 반응은 마냥 부정적이지는 않았다.

"…기건 내레 혼자 결정을 내렐 만한 문제는 아닌 거 같소."

이 정도만 되도 왕웨이 입장에선 소기의 성과를 얻은 것이나 마찬가지였다.

"지금 이 자리에서 말해 달라는 얘기는 아니니, 고민해 보시고 말해 주시오."

왕웨이 외교부장은 정의용 외무상에게 한껏 미소를 보이며 부드럽게 말했다.

하지만 정의용 외무상은 자신이 '갑'의 위치라는 걸 알고 있었기에 그의 행동이 참으로 하찮아 보였다.

물론 그렇다고 해서 북한에게 많은 도움을 주고 있는 중국을 무시할 수는 없었기에 겉으로 내색하지는 않았다.

"알겠습네다. 내레 지도자 동지에게 보고를 하고 답변을 드리갔습네다."

"좋소. 내 그럼 평양 호텔에서 연락 기다리겠소."

그렇게 어느 정도 서로의 생각이 합의를 이루자, 왕웨이와 정의용 외무상은 서로 악수를 하고 헤어졌다.

       *   *   *

CIA 동아시아 지부.

그곳에는 때아닌 비상이 걸리고 있었다.

그도 그럴 것이, 그들이 감시 중이던 중국 외교부장 왕웨이가 감시망에서 한순간에 사라졌기 때문이다.

"똑바로 보고 있던 거 맞아? 왜 그걸 놓친 거야!"

화가 난 CIA 동아시아 지부장 고든 화이트가 주위를 둘러보며 소리쳤다.

어찌나 분노가 차올랐는지 얼굴이 시뻘게진 게 한눈에 보였다.

"……."

CIA 직원들은 아무런 말도 하지 못한 채 그저 고개를 숙일 뿐이었다.

어찌 되었건 간에 그들은 자신들의 임무를 제대로 수행하지 못한 건 사실이었으니까.

"하아……."

고든 화이트도 대답을 바라고 말한 것은 아니었는지, 긴 한숨을 내뱉으며 고민에 빠졌다.

최근 한국에서 최신 무기들이 쏟아지면서 CIA 동아시아 지부는 비상 체제로 들어가 있는 상태였다.

그러면서 한국, 중국, 일본의 지도자급 인사들의 동향을 살피고 있었는데, 이 중 가장 신경을 쓰는 것은 역시나 자신들에게 대항을 하려는 중국이었다.

한국과 일본의 경우 동맹으로 맺어진 사이이기에 몇몇 사항만 체크를 하면 그만이지만, 중국의 경우에는 달랐다.

솔직히 한국이 최근 어떻게 한 것인지는 모르겠지만, 자신들도 개발에 실패한 오버 테크놀로지 무기들의 개발에 성공을 했다.

물론 그동안 미국이 쌓아 온 군사력에는 미치지 않는다고 판단해 그리 큰 문제는 없었다.

그러니 남은 것은 중국뿐이었다.

13억의 인구에 경제력도 갖추고 있으면서 수백 기의 핵무기와 ICBM을 보유하고 있으며, 현역 군인의 숫자도 300만이 넘는 세계 군사력 순위 2위의 국가인 중국의 행보는 무엇보다 중요했다.

그런데 그런 중국의 고위 인사인 외교부장의 행방을 놓쳐 버렸다.

물론 중국의 외교부장인 왕웨이가 현 시점에서 사라진 것이 어떤 의미인지, 그리고 어디로 향할지는 어느 정도 예측할 수 있었다.

"그래서 왕웨이가 마지막으로 목격된 곳은 어디야?"

화를 어느 정도 가라앉힌 고든 화이트가 차가운 눈빛으로 비서인 켈리 그웨인에게 물었다.

"천진에서 마지막으로 포착되었습니다."

직속상관의 질문에 켈리 그웨인이 재빨리 대답했다.

"흠……."

왕웨이가 사라진 장소를 전해 들은 고든 화이트가 아무 말 없이 침음에 빠져들었다.

'왕웨이가 이 시점에 천진에서 사라졌다는 것은… 북한으로 갔다고 판단하는 게 맞겠군.'

고든 화이트의 판단으로는 중국의 외교부장인 왕웨이가 사라진 것은 중국의 주석인 진보국의 명령을 받고 북한에 잠입했기 때문이라 생각했다.

외교부장인 그가 아무런 이유 없이 갑자기 사라질 이유가 전혀 없었으니까.

그것도 천진에서.

게다가 중국은 겉으론 동북아의 평화를 위해 북한의 핵개발을 두고 계속해서 노력을 한다고 떠들고 있지만, 그러기 위해 필요한 북한에 대한 제재를 UN의 결의를 교묘하게 피해서 이득을 보고 있었다.

그 때문에 북한은 현재 핵폭탄을 최소 다섯 개에서 최대 열 개 정도 확보한 것으로 판단되었다.

물론 이것도 확실한 것은 아니었다.

북한이 세계 그 어떤 나라보다 폐쇄적인 나라다 보니, 외부적인 정탐으로만 정보를 취합하여 추측할 수밖에 없었기 때문이다.

더욱이 얼마 전에는 중국의 기술을 받아 수중에서 발사할 수 있는 탄도미사일 기술마저 습득을 하였다.

다만, 아직까지 돈이 없어 그것을 적용할 신형 잠수함을 건조하지 못하고 있을 뿐.

그러한 때에 중국의 외교부장이 은밀하게 북한을 찾아 어떤 제안을 할지는 정확히 알 수 없었지만, 이번 접촉의 결과로 북한이 SLBM을 손에 넣게 될 것이란 사실은 쉽게 추측이 가능했다.

'젠장, 이놈이나 저놈이나…….'

고든 화이트의 입장에선 중국이나, 북한 모두 기분 나쁜 놈들일 수밖에 없었다.

솔직히 미국이 가진 힘을 그냥 휘두르기만 해도 꼼짝 못 할 놈들이 자꾸 문제를 만들어 대니 짜증이 날 수밖에 없었다.

"그래서… 상부에 보고는 했겠지?"

잡념을 털어 낸 고든 화이트가 켈리 그웨인에게 물었다.

"예, 조금 전 왕웨이 중국 외교부장이 사라졌다는 것에 대해 보고하였습니다."

"그래서 상부의 명령은?"

"그냥 두고 보라고만 전해 왔습니다."

"뭐? 그게 끝이야?"

이게 무슨 소리인가 그냥 두고 보라니?

고든 화이트는 순간 자신이 잘못 들었나 하는 생각이 들었다.

다른 곳도 아니고 중국과 북한이었다.

그런데 그냥 두고 보라니.

고든 화이트로서는 도저히 그 말의 뜻을 파악할 수가 없었다.

하다못해 대한민국에라도 정보를 전달해 주어야 하지 않겠는가.

만약 미국의 오랜 우방인 대한민국이 이 사실을 알게 되면 어떤 행동을 취할지 알 수 없었다.

'랭글리에선 도대체 무슨 생각인 거지?'

게다가 동북아시아는 세계 그 어느 곳보다 파괴력이 강력한 핵폭탄을 품고 있는 화약고나 다름이 없는 지역이었다.

동북아시아는 무려 세계 군사력 순위 10위권 국가 중 수위를 차지하고 있는 국가만 다섯 개나 몰려 있으며 28위라고는 하지만, 핵무기를 비공식적으로 보유한 북한도 자리하고 있다.

그런 동북아시아의 중요성에 대해 누구보다 잘 아는 고든 화이트는 상부의 의도를 도저히 이해할 수가 없었다.

"물론 정보를 획득하는 건 계속 진행하라고 했습니다."

"허, 그게 제정신으로 하는 말인 건가."

"네?"

고든 화이트가 고개를 절레절레 저으며 말하자, 비서인 켈리 그웨인이 되물었다.

하지만 돌아오는 대답은 없었다.

*   *   *

"10억 달러. 그 조건을 들어주지 않카면, 더 이상의 협상은 필요 없을 거이 같소."

중국 외교부장 왕웨이는 이틀 만에 돌아온 정의용 외무상의 대답에 어처구니없는 표정을 지을 수밖에 없었다.

한국의 반응을 그리고 주한 미군의 반응을 보기 위해 도발을 좀 해 달라는 조건으로 북한이 무려 10억 달러의 대가를 불렀으니까.

"아니, 겨우 그 정도 일로 10억 달러라니! 그게 말이 된다고 생각하시오?"

왕웨이 외교부장은 북한의 얼토당토않은 제안에 흥분했는지 큰 목소리로 말했다.

"그게 무슨 소립네까? 이 일로 자칫 전쟁이 벌어질 수도 있는 일인데, 10억 달러가 많다는 말입네까?"

흥분해 고함을 지르는 왕웨이 외교부장의 목소리에 북한의 정의용 외무상이 굳은 표정으로 반문했다.

"……."

결국 왕웨이는 입을 다물 수밖에 없었다.

그가 생각하기에도 이 일은 위험한 일이었기 때문이다.

그래서 왕웨이도 북한의 웬만한 조건들은 대부분 수용해 줄 생각이었다.

하지만 10억 달러라는 큰 금액은 그의 예상치를 훨씬 웃돌았다.

"기리 말하신다면 우린 더 이상 할 말이 없을 거 같소."

"그, 그게 아니라……."

"현재 남조선과 우리 공화국이 조금 소원해지기는 했지만, 얼마 전까지 종전을 논의하던 사입네다. 그런데……."

자신들의 내부 사정으로 한국과 논의되던 종전 협상

이 파토가 난 것까지 이번 기회에 이용하는 북한이었
다.

사실 한국과 협상을 하던 종전은 솔직히 북한 입장에
선 그리 좋은 것도 나쁠 것도 없었다.

이 또한 자신들의 체제를 유지하는 데에 필요한 카드
중 하나였기에 미사일 발사로 불거진 UN의 제재를 풀
어 보고자 하는 몸부림.

그 이상도 이하도 아닌 행동일 뿐이었다.

"남조선으로 미사일을 발사하는 행위는 자칫 우리 북
조선에 또다시 고난의 행군을 하게 만들 수도 있는 일
아니갔습네까? 그리니 그에 상응하는 대까를 치러야 하
지 않캇습네까?"

정의용 외무상은 거듭 이번 미사일 도발에 대한 북한
이 치러야 할 대가에 대해 언급을 하며 강력하게 어필
을 했다.

이참에 북한은 부족한 달러를 보충하고 또 SLBM 탑
재 잠수함도 건조할 예산을 확보하려는 의도인 것이었
다.

물론 인민을 조금 더 쥐어짜면 SLBM 탑재 잠수함을
한 대 정도는 건조할 수 있을 것도 같았다.

하지만 이왕이면 충분한 예산을 들여 구식 로미오급
잠수함을 개량하는 것이 아닌, 최신형 잠수함을 가지고

싶은 것이 북한 군부의 생각이고, 지도자인 김종은의 의중이었다.

"그렇긴 하지만… 그래도 10억 달러는 너무 많은 것 같소."

달러 대비 위안화 환율은 현재 1:7.5.

그러니 북한이 요구한 10억 달러는 중국 돈으로 무려 75억 위안이나 되었다.

원 위안 환율이 180원이니, 어림잡아도 1조 3,500억 원이나 되는 엄청난 금액이었다.

75억 위안에 이르는 금액은 중국이 들어주기에도 결코 적지 않았기에 왕웨이 외교부장도 쉽게 대답을 할 수 없었다.

"우리 공화국도 이번 일에는 절대 물러날 생각이 없습네다."

왕웨이 외교부장이 너무도 큰 금액에 잠시 정신이 없었다.

이에 북한 측 협상 대표로 나온 정의용 외부상은 절대 10억 달러에서 한 발자국도 물러나지 않겠다는 의지를 강하게 표명했다.

그도 그럴 것이, 10억 달러란 금액은 외무상이 그가 정한 것이 아닌, 북한의 지도자 김종은이 정한 금액이었기 때문이다.

그중 일부가 군부로 들어가 신형 잠수함 건조와 군사력 확충에 들어가긴 할 테지만, 거의 대부분은 김종은의 비밀 금고로 들어가게 될 것이었다.

그렇게 둘은 팽팽한 줄다리기를 하였고, 처음 극예하게 달리던 대화와는 다르게 일은 생각보다 일사천리로 진행되었다.

그도 그럴 것이, 10억 달러가 비록 큰 금액이긴 하지만, 중국 공산당 입장에선 처리하지 못할 금액도 아니었다.

그러다 보니 진보국 중국 주석은 왕웨이 외교부장의 보고를 받고는 곧바로 처리를 해 주었다.

내용은 어느 정도 달라지긴 했지만.

왕웨이 외교부장과 북한의 정의용 외무상이 그 뒤로 어떻게 협상을 맺었는지는 비밀에 붙여졌다.

그러나 어찌 되었건 간에 북한이 중국 정부의 요구를 수용했다는 것이 가장 중요했다.

그렇게 협상이 일단락되어진 뒤로 북한군의 움직임이 심상치 않게 돌아갔다.

휴전선 인근의 북한군 부대들은 훈련을 이유 삼아 움직임이 빈번해졌으며, 부대 교체 또한 이루어지고 있었다.

휴전선에서 떨어져 있던 포병 부대들이 전진 배치가

되기도 하고, 수시로 벙커에서 나와 방열을 하는 등의 다양한 움직임을 취했다.

다만, 실탄을 배급하지 않는다는 것이 과거에 일어난 일들과 다를 뿐이었다.

이를 지켜보던 한국의 탐측 부대들도 이러한 북한군의 동향에 이상함을 느꼈지만, 실탄 배급이 되지 않는다는 점에 일단 안심을 하였다.

이전에는 훈련을 하더라도 북한군은 포병 부대에 실탄을 배급을 하는 등의 실전에 가까운 훈련을 했는데, 이번에는 그러지 않았기 때문이다.

하지만 이는 북한군의 기만전술이었다.

자신들이 실전과 같은 훈련을 하게 되면 한국의 전방 부대들도 비상을 걸어 자신들에 준하는 준비 태세를 한다는 것을 알고 있었기에 이렇게 기만전술을 펼친 것이었다.

한국의 경계가 무뎌져 안심했을 때, 단 한 번의 기습 공격으로 거대한 타격을 주기 위해서.

*   *   *

북한군 1군단 제47사단 방사포병여단에는 비상이 걸렸다.

"알겠습네다, 그렇게 하겠습네다."

— 기래, 당에서도 주시하고 있는 일이라우. 모든 것을 다해 임무를 완료하라우!

"예! 알갔습네다! 조국을 위해 복무함!"

상급 부대의 명령을 받은 방사포병여단의 최고위 간부가 무전을 마치면서 절도 있는 경례로 마무리하는 모습을 보여 주었다.

그러고는 고개를 돌려 자신을 바라보는 간부들을 향해 명령을 하달하였다.

"바로 지금 남조선을 애미나이들에게 본때를 보여 주라는 상부의 명령이네!"

"······!"

누구도 예상치 못한 명령에 간부들은 당황스러운 기색을 감추지 못했다.

"대장 동지, 최근 남조선놈들의 무기가 완전히 달라진 걸 아시잖습네까."

"누가 그걸 모르네?"

"우래가 먼저 공격을 하더라도 타격은 저희가 더 입지 않습네까? 게다가 저희 동포들은 마땅히 방어할 수단도 없습네다."

누구에게나 목숨은 중요했기에 간부는 최대한 에둘러 무리라는 걸 강조하며 상부의 명령을 따르기 힘들다고 주장했다.

하지만.

"지금 죽고 싶은 기네! 이 명령은 저 위에서 내려온기래!"

최고 간부는 검지 손가락으로 하늘을 가리키며 말했다.

"위, 위에서 말입네까?"

"어차피 따르지 않으면 죽는 기래. 알아들었으면 날래 움직이라우!"

다다다다다닥!

회의실에 모여 있던 간부들이 모두 빠르게 나가자, 최고 간부는 한숨을 내쉬었다.

"하아, 죽으라면 죽여야디······."

상부의 말도 안 되는 명령에도 따를 수밖에 없는 군인은 왠지 더 처량하게 보였다.

그렇게 각자 맡은 바 위치로 달려간 간부들은 병사들에게 다급히 명령을 내렸다.

"뭐 하네! 날래 뛰라우!"

주변에는 비쩍 마른 군인들이 여기저기로 뛰고 있었다.

지금 이 상황은 훈련 상황이 아니었다.

"얼른 탄 꺼내라우!"

실제 탄을 꺼내라는 간부의 외침과 그의 굳은 표정만 보아도 알 수 있었다.

이것이 실제 상황이라는 것을.

북한군 병사들은 땅굴을 파고 숨겨 둔 방사포를 벙커에서 꺼내 방열을 했다.

"날래날래 움직이라우!"

견장을 찬 중사가 험악한 표정을 지으며 병사들을 보며 호통쳤다.

이에 병사들은 재빠르게 개인 군장을 챙겨 뛰기 시작했다.

상급 부대의 명령은 방사포 부대에서 보관 중인 방사포를 남쪽으로 발사하라는 것이었다.

다만, 보유 중인 방사포 중 240㎜ 로켓만 발사하라는 이상한 명령이었다.

참으로 요상한 명령이 아닐 수 없었다.

전쟁을 할 것도 아닌데, 남쪽으로 방사포를 발사하라는 것도 이상하고, 또 보유한 것 중 일부만 골라 발사를 하라는 명령도 이해가 가지 않았다.

하지만 명령이 하달되었으니, 군인인 자신들은 이를 거부할 수 없었다.

이들은 상부의 명령대로 무기만 발사를 하면 되는 일이었다.

그저 위의 지시대로.

"1호 준비 완료되었습네다."

"2호 준비 완료되었습네다."

"3호 준비 완료되었습네다."

준비가 완료된 호차로부터 차례대로 보고가 들어왔다.

보고를 하는 병사들의 표정은 그 어느 때보다 굳어져 있었다.

그도 그럴 것이, 지금까지 이와 비슷한 모의 훈련은 여러 차례 있어 왔다.

하지만 지금은 다르다는 걸 이들도 피부로 느끼고 있는 것이리라.

지금 상황은 절대로 훈련 상황이 아니란 것을 말이다.

이대로 로켓을 발사하게 되면 어쩌면 바로 이곳으로 남한의 보복 공격이 날아올 수도 있는 위험천만한 상황.

그렇게 되면 자신들의 목숨도 부지하기 어려워질 거라는 건, 여기 있는 모든 이들이 아는 당연한 사실이었다.

이에 겁에 질린 병사가 자신의 직속상관에게 떨리는 목소리로 물었다.

"대, 대장 동지, 지, 진짜 쏩네까?"

"뭐 하네! 날래 쏘라우! 죽고 싶은 거이네!"

중사 견장을 찬 군인이 단호하게 발사 명령을 내렸다.

하지만 그런 단호한 모습과는 달리 상관인 군인도 이런 상황을 전혀 상정하지 못했기에 당황스러운 건 마찬가지였다.

하지만 그렇다고 해서 당황한 모습을 부하들에게 보일 순 없었기에, 최대한 악을 쓰며 병사들에게 명령을 내렸다.

그리고 그때, 북한군 병사의 머릿속에는 발사 버튼을 부르면 자신도 죽을지 모른다는 불안감에 그러지 말라고 하고 있었다.

그러나 명령을 거부하게 되면 지금 바로 앞에 있는 상관이 그냥 두고 보진 않을 걸 알기에 어쩔 수가 없었다.

그저 명에 따를 수밖에는.

그는 두 눈을 꽉 감은 채 파르르 떨리는 손으로 조심스럽게 발사 버튼을 눌렀다.

슈슈슈슈!

그렇게 버튼을 누르기 무섭게 바람을 가르는 듯한 소리가 들리면서 열두 발의 로켓들이 빠르게 하늘을 가르며 날아갔다.

　발사 버튼을 누른 북한군 병사는 그저 멍하니 날아가
는 로켓만 쳐다볼 뿐이었다.

2. 7일 전

애앵! 애앵!

성층권 경계에 떠 있던 봉황 1호 내에서 요란한 경고 사이렌이 울렸다.

다다다다!

사이렌 소리에 봉황 1호에 타고 있던 승무원들은 물론이고, 며칠 전 은밀하게 봉황 1호에 탑승한 일단의 인물들도 빠르게 움직이기 시작했다.

그런데 그들의 복장은 봉황 1호의 승무원들과는 확연히 달랐다.

마치 히어로 영화에 나오는 강철 히어로와 비슷한 복

장을 한 채로 수십 명이 있던 것이다.

하지만 봉황 1호의 승무원들은 어느 누구도 그런 이들의 모습을 이상하게 쳐다보지 않았다.

아니, 쳐다보지 않는 정도가 아니라 전혀 신경 쓰고 있지 않고 있다는 표현이 더 정확할 것 같았다.

"시작된 것입니까?"

특수전 사령부 예하 777부대 부대장인 김주성 대령이 봉황 1호의 함장인 손일원 대령에게 다가가 물었다.

김주성 대령은 비록 소속은 다르지만, 대한민국 군인으로서 선배에 대한 예의를 지키고 있었다.

그 이유는 엄연히 손일원 대령은 함대 사령관에 준하는 위치에 있었고, 또 곧 있으면 제독으로 진급이 예정되어 있는 군인이기도 했기 때문이다.

그런 김주성 대령의 질문에 손일원 함장도 입가에 비릿한 미소를 지어 보이며 대답을 해 주었다.

"대령이 기다리던 시간이 도래하였군."

"하, 삼 일의 시간이 정말 피를 말리게 했습니다."

김주성 대령은 사 일 전 사령부로부터 명령을 받고 이곳에 왔을 때부터 긴장의 연속이었다.

그리고 그건 김주성뿐만 아니라 그의 부하들도 마찬가지였다.

상부는 김주성 대령에게 부대 전체를 옮기라는 명령

을 내렸다.

그는 처음 그 명령을 듣고 황당하다는 기색을 감추지 못했다.

하지만 그 이유를 듣고 난 뒤, 김주성 대령은 밤잠을 설칠 정도로 긴장을 하였다.

총알이 빗발치고 포탄이 날아다니는 중동에서 테러 조직과 전쟁도 치러 본 그였지만, 상부에서 내려온 명령은 그를 전쟁터에 있는 것보다 더 긴장하게 만들었다.

주성이 그럴 수밖에 없던 것은 이 이후 벌어지는 일로 민족의 염원인 통일을 이룰 것인지, 아니면 3차 세계 대전의 시발점이 될 것인지가 결정이 나기 때문이었다.

작전대로 자신이 신속하게 상부에서 수립한 계획을 제대로 완수한다면 3차 세계 대전이라는 끔찍한 전쟁은 일어나지 않겠지만, 자칫 시기를 놓쳐 북한이 미사일이라도 발사를 하게 된다면 어떻게 될지 모를 일이었다.

물론 지금 자신이 있는 이곳, 봉황 1호가 있기도 하고 봉황 2호도 대기를 하고 있었기에 그럴 일은 없겠지만, 또 상황이 어떻게 될지는 확신할 수 없는 것이었다.

진인사대천명이라고 계획은 사람이 짜고 성사는 하늘이 정한다고, 아무리 봉황 1호가 하늘의 그물이라고는 하지만, 인간이 만든 것이기에 어딘가 빈틈이 있을 수도 있었다.

그러니 자신은 어떻게 해서든 계획을 성사시켜야만 했다.

* * *

사건 발생 7일 전.

김주성 대령은 한창 부하들과 새롭게 지급된 파워슈트를 입고 적응 훈련을 하고 있었다.

아니, 말이 적응 훈련이지 베테랑인 그들에게 파워슈트의 적응 훈련은 이미 진즉에 끝난 상태였다.

지금은 그저 새롭게 지급받은 파워슈트라는 새로운 장난감이 마음에 들어 한 번이라도 더 사용해 보고 싶은 마음에 훈련이라는 명목으로 착용한 것이었다.

그리고 주성과 그의 부하들은 이미 인간의 한계를 경험한 특수부대원들이었다.

그런 이들에게 파워슈트란 신체 능력을 세 배나 향상시켜 주는 물건이 주어졌으니 어떻겠는가.

평소 안간힘을 다해야 통과를 하던 장애물도 별다른 힘도 들지 않고 넘어가고, 완전 군장을 하고 10분 내에 주파할 거리를 3분 내에 달성할 수 있었다.

그렇게 훈련에 열심히 임하다 보니, 주성과 그의 부하들은 파워슈트에 대한 적응을 끝냈을 뿐만 아니라 파워슈트의 기능을 활용한 다양한 방법들을 찾아 응용하기에 이르렀다.

그러고 있던 와중, 느닷없이 상부에서 호출을 받은 김주성 대령은 잔뜩 긴장을 한 채로 특수전 사령관실로 향했다.

"충성! 대령 김주성, 사령관님의 부름을 받고 왔습니다."

"아, 어서 와!"

자신을 부른 상관의 표정이 나쁘지 않은 것에 김주성은 안도를 했다.

아마 자신이나 부대원들이 사고를 쳐서 부른 것은 아니라고 판단됐기 때문이다.

"자리에 앉지."

자신의 집무실에 들어온 김주성 대령을 보며 김주하 특수전 사령관은 자리를 권하였다.

"요즘 훈련을 열심히 한다며?"

김주하 특수전 사령관은 김주성을 보며 질문을 하였다.

"아, 예. 새로운 장비를 지급받았으니, 적응 훈련이

필요할 것 같아……."

"아아, 나도 무슨 소린지 알고 있어. 그러니 굳이 변명을 할 필요는 없네."

자신의 물음에 변명을 하는 김주성을 보며 김주하는 빙그레 미소를 지은 채 그의 말을 끊었다.

그도 그럴 것이, 현역에서 물러난 자신도 부하들이 지급받은 파워슈트에 대해 욕심이 나는데, 현역으로 근무하고 있는 그들은 어떤 심정일지 너무도 잘 알고 있었기 때문이다.

"그건 됐고, 자네를 부른 것은……."

김주하는 본격적인 이야기를 나누기 위해 표정을 굳히고 육군본부에서 내려온 명령을 김주성 대령에게 설명해 주었다.

단순히 명령만 내려서는 이들이 능동적으로 작전을 수행할 수 없다고 판단을 하여, 설명을 곁들여 주는 것이었다.

"…이런 이유로 자네는 부대원들과 함께 봉황 1호에 탑승해 작전 명령이 떨어질 때까지 대기하길 바라네."

모든 설명을 들은 주성은 자신과 부하들이 어떻게 해야 할지 깨달았다.

숨이 턱 막히는 기분이 들었지만, 자신은 군인이었기에 명령이 내려오면 이에 따라야만 했다.

"네, 알겠습니다."

대답을 한 주성은 저도 모르게 주먹에 힘이 들어갔다.

사령관의 설명을 듣고 있자니 저도 모르게 그리 된 것이었다.

"이 일은 자네 부대만 작전에 들어가는 것이 아니라 999부대도 함께할 걸세."

"네? 999부대도 말입니까?"

"아, 물론 같은 임무를 배정받은 것은 아니야. 자네와 자네 부대원들은 평양을, 그리고 999부대는 영변과 태천의 핵시설들을 담당하게 될 게야."

김주하 특수전 사령관은 주성의 777부대와 999부대의 임무에 대해 이야기해 주었다.

"그런데 여기서 중요한 것은 777부대의 임무가 막중하다는 것이지."

"네? 그게 무슨……."

비록 부대는 다르다곤 하지만 자신의 부대나 999부대나 같은 특수전 부대였다.

어느 부대가 더 낫다 평하기는 힘든 게 사실이었다.

게다가 자신과 부하들이 맡은 평양에서의 작전이 북한의 핵시설들을 담당하는 999부대의 임무보다 중요하다니, 그로서는 이해가 가지 않았다.

핵은 북한의 가장 강력하고 위험한 무기가 아닌가.

"999부대가 맡은 임무는 그냥 제압을 하는 것으로 끝이지만, 자네와 777부대가 할 임무는 좀 복잡해."

생각이 많아진 것인지 김주하 특수전 사령관은 말을 하면서도 인상을 찌푸렸다.

그도 그럴 것이, 777부대는 평양에 침투를 하여 그곳에 있는 북한군들을 모두 무력화시키는 것은 물론이고, 북한의 수괴인 김종은 이하 북한 수뇌부를 장악하는 것이었다.

하지만 여기서 모든 북한 수뇌부들을 제압해서도 아니 되었다.

그 이유는 바로 중국을 끌어들이기 위해서였다.

중국은 북한과의 수호조약을 통해 어느 한쪽이 공격을 받으면 곧바로 무력 개입을 하기로 협정이 체결되어 있었다.

이는 한미상호방위조약처럼 어느 한쪽이 공격을 받았을 때 개입을 하는 것과 같은 내용이었다.

"그럼 일부러 북한군 수뇌부 중 일부를 놔줘야 한다는 말씀입니까?"

설명을 들은 김주성 대령은 순간 자신이 잘못 들은 것은 아닌지 의심이 들어 다시 한번 물어보았다.

"정확하네. 북한군 수뇌부를 전부 잡아들인다면 한반

도 통일은 쉽게 이루어지겠지만, 그렇게 되면 현재 중국이 지배하고 있는 고토(故土)는 영원히 되찾는 게 불가능해질 수도 있어."

'아, 고토……'

김주하 특수전 사령관의 보충 설명을 듣게 된 김주성은 그제야 무슨 이유로 상부에서 북한군 수뇌 일부를 풀어 주라고 한 것인지 깨달았다.

한마디로 옛 고구려 땅인 요동과 흑룡강 일대까지 뻗은 동북삼성을 한민족의 땅으로 되찾기 위해 그렇게 지시한 것이라는 걸.

'누가 계획을 짠 것인지 모르겠지만… 가능하다!'

자신들의 전력이라면 충분히 가능한 작전이라고 판단이 되었다.

현재 북한은 세계 군사력 순위 28위에 랭크되어 있지만, 그 모든 시설들이 평양과 특정 지역에 편중되어 있었다.

뿐만 아니라 통신과 도로망이 한국처럼 발달되어 있지 못하기에, 일부 지역만 통제할 수만 있다면 충분히 통일이 가능해 보였다.

다만, 우려가 되는 것은 중국이었다.

북한의 수뇌부 일부와 중국이 결탁을 하였을 때, 중국이 어느 정도까지 무력을 투사할지는 미지수였기 때문이다.

만약 중국이 일반 재래식 무기뿐만 아니라 핵전력까지 사용하게 된다면, 그리고 그것을 대한민국이 방어하는데 실패한다면 끔찍한 상황을 겪게 될 수도 있었다.

그나마 다행이라면 현재 대한민국은 탄도미사일 방어 체계를 갖춰 놓은 상태.

"알겠습니다. 그럼 언제 출발하면 되겠습니까?"

김주성은 모든 설명을 듣고 자신과 부대원들이 움직일 시기를 물었다.

그런 김주성 대령의 질문에 김주하 특수전 사령관은 이틀 후에 움직이라고 이야기하였다.

"지금부터 훈련을 중단하고 휴식을 취한 뒤, 이틀 후에 봉황 1호로 가서 대기하길 바라네."

"예, 알겠습니다!"

김주하 특수전 사령관의 지시에 김주성 대령은 힘찬 목소리로 대답했다.

한반도 통일이라는 염원 같던 일의 최선봉에 서게 된 그의 기분은 한껏 고양되어 있었다.

"그럼 나가 보게."

"충성!"

용무가 끝났다는 말에 김주성은 경례를 하고 사령관실에서 나왔다.

"후우!"

사령관실을 빠져나온 김주성은 저도 모르게 큰 숨을 내뱉으며 생각했다.

'꼭 성공시킨다!'

자신에게 주어진 임무에 대해 한 번 더 상기한 주성은 그렇게 다짐을 하며 훈련을 하고 있는 부하들에게 빠르게 뛰어갔다.

*　　　*　　　*

북한의 방사포 공격이 있기 7일 전.

[마스터, 중국의 외교부장인 왕웨이가 북한으로 넘어갔습니다.]

슬레인은 중국의 통신망을 이용해 중국의 권력자들을 감시하고 있던 중 외교부장인 왕웨이가 천진을 통해 잠수함으로 북한으로 들어가는 모습을 포착했다.

중국은 미국의 감시위성을 피하기 위해 이런 방법을 사용한 것이었지만, 정작 자신들이 깔아 놓은 감시망으로 인해 이러한 행적들이 슬레인에 포착이 되어 버렸다.

"역시 예상을 벗어나지 못하는군."

슬레인의 보고를 받은 수호는 나직이 중얼거렸다.

수호가 이런 말을 하는 것은 자신이 미사일 방어 체계를 완성했을 때를 상정하여 한반도와 관련된 주변국들의 반응을 예상을 해 보았기 때문이다.

그리고 동맹인 미국이나 수교국인 일본의 경우는 대동소이했지만, 그런대로 한국에 긍정적인 반응을 보일 것이란 판단을 하였다.

그도 그럴 것이, 미국의 경우 세계의 경찰이라 자부하며 여러 분쟁에 관여를 하면서 적이 많았다.

그러니 어떻게 해서라도 자신들에 대한 공격을 방어하기 위해 MD, 즉 미사일 방어 체계를 구축하기 위해 천문학적인 예산을 써 가며 연구에 연구를 했던 것이고.

그러나 기술적 한계로 인해 연구는 실패를 했다.

그런 상황에서 동맹인 한국이 아이언돔을 능가하는 미사일 방어 체계가 완성이 돼 전력화가 되었으니, 당연히 그것을 가져다 쓰기 위해 접촉을 해 올 것이란 예상을 하고 있었다.

그리고 수호의 예상대로 미국은 한국에 우호적인 모습을 보이며 자신들도 스카이넷 시스템을 자국에 도입하길 원했다.

그에 반해 한국과 더불어 북한의 미사일 위협을 받고 있는 일본은 이렇다 할 반응을 보이고 있지 않았다.

그래서 더 이상하기도 했고.

하지만 일본의 이러한 반응은 어느 정도 예상이 가는 부분들이었다.

패전국이던 일본이 한반도의 전쟁을 통해 엄청난 경제 성장을 이루어 경제 대국이 되었다.

대한민국은 그 궁핍한 생활을 겪으면서도 희망을 놓지 않았고, 국민들이 합심하여 지금의 대한만국을 만드는 기적을 만들어 냈다.

그러나 일본은 이를 인정하려 하지 않았고, 여러 기술 분야에서도 밀리고 있다는 사실을 받아들이려 하지 않았다.

그러면서 되도 않는 정신 승리로 애써 자기 위로를 하고 있는 중이었고.

그 때문인지 한국이 세계 최초로 진정한 미사일 방어 체계를 완성을 한 것을 뉴스로 접했지만, 일본인들은 그것을 인정하지 못하고 그저 한국이 자신들을 기만하는 것이라 판단하여 침묵으로 일관할 수도 있다고 생각을 했다.

그에 반해 러시아의 반응은 수호의 예상 밖이었다.

그도 그럴 것이, 러시아는 한국이 미사일 방어 체계인 스카이넷 시스템의 실전 요격 시험과 후티 반군이 쏜 샤하브 미사일까지 요격에 성공한 모습을 보고 가장 먼저 축전을 보내 왔기 때문이다.

이는 동맹인 미국보다 빠른 것이었기에 청와대에서도 놀란 반응을 보였다.

이렇게 한반도를 둘러싼 미국, 일본, 러시아의 반응이 한국의 입장에서는 나쁘지 않았지만, 중국이나 북한은 역시나 이들과 달랐다.

당시에는 어떤 반응도 내보이지 않았는데, 전력화 단계에 이르자 불편한 기색을 내비쳤다.

그러고는 아니나 다를까?

이렇게 중국의 외교부장이 공식적으로 행동하는 것이 아닌, 몰래 잠수함을 동원해 은밀하게 북한에 들어갔다는 것은 뭔가 문제가 일어나고 있음을 시사하는 것과 마찬가지인 행동이었다.

"이미 예상하고 있지 않았나?"

[하지만 저희가 예상했다고 해도 한국군이 이를 알지 못하고 있으니……]

슬레인은 자신의 주인이 대한민국의 국민이기는 하지만, 명확하게 나누고 있었다.

마스터인 수호와 대한민국 군대를 두고 마치 제3의 존재처럼 구분해서 말하고 있었으니까.

하지만 수호는 이에 대해 별다른 이야기는 하지 않았다.

슬레인은 오직 수호만을 위했으니까.

그리고 그 행동들이 잘못된 건 아니었으니까.

"그러니 이제라도 알려 줘야지. 참, 그놈은 잘하고 있지?"

[예, 잘하고 있습니다.]

수호가 누구를 지칭하는지 알고 있다는 듯이 슬레인은 곧바로 대답을 하였다.

"좋아, 그럼 그놈에게 영상 하나 준비하라고 해."

[알겠습니다.]

"그래. 아, 그리고 청와대에도 연락을 해서 면담 좀 하자고 하고."

[네, 알겠습니다. 준비해 놓겠습니다.]

슬레인의 대답을 들은 수호는 자리에서 일어나 샤워를 하러 들어갔다.

그리고 슬레인은 마스터인 수호가 지시한 것들을 해결하기 위해 그놈과 청와대에 연락을 넣었다.

*　　　*　　　*

청와대.

슬레인을 통해 약속을 잡은 수호가 대통령의 손을 맞잡으며 인사했다.

"갑작스러운 연락에도 흔쾌히 허락해 주셔서 감사합니다, 대통령님."

수호의 예의 바른 태도에 정동영 대통령이 입가에 미소를 지으며 말했다.

"SH 그룹 회장님의 요청인데, 없는 시간을 내서라도 맞아야지요."

"그렇게 말씀하시니 몸 둘 바를 모르겠습니다, 하하하."

수호와 정동영 대통령은 서로 덕담을 주고받으며 잠시 간 대화를 나누었다.

시간이 무르익었다는 것을 느낀 정동영 대통령이 먼저 대화의 서두를 열었다.

"정 회장님이 갑작스레 약속을 잡으신 데에는 뭔가 할 말이 있어서 그런 거 같은데, 무슨 일 때문에 그러시죠?"

정동영 대통령은 수호가 찾아온 이유가 아주 중요한 일 때문이라고 생각했다.

자신이 청치 인생을 살아오며 쌓은 날카로운 직감이 그리 말하고 있었다.

"대통령님은 못 속이겠군요. 제가 이렇게 방문한 것은 다름이 아니라, 오늘 중요한 정보를 하나 입수했기 때문입니다."

수호는 정동영 대통령의 직감에 감탄하면서 청와대를 찾은 이유를 꺼내기 시작했다.

"중요한 정보요?"

"네, 그렇습니다. 금일 중국의 왕웨이 외교부장이 북한에 방문했다는 정보를 입수했습니다."

"왕웨이 외교부장이 북한에요?"

"네, 그렇습니다."

"음……"

수호의 말을 들은 정동영 대통령은 생각에 빠졌다.

중국의 외교부장이 북한을 방문했다는 사실이 그렇게 중요한 것인가에 대해 의문이 들었기 때문이다.

두 나라는 종종 만남을 가져왔고 굉장히 친밀하게 지내는 사이였으니까.

결국 정답을 도출하지 못한 정동영 대통령이 수호에게 물었다.

"중국의 외교부장이 북한에 방문하는 게 문제가 되는 건가요?"

"그건 아닙니다. 지금껏 두 나라는 서로의 나라를 방문해 왔기 때문에 그리 큰 문제는 되지 않습니다."

"그렇다면 왜……."

의문을 풀지 못한 정동영 대통령이 말끝을 흐렸다.

"방문은 문제가 안 되지만, 만약 그게 누구도 알지 못하게 진행이 되었다면요?"

"그 말은⋯ 왕웨이 외교부장이 비밀리에 북한에 방문했다는 겁니까?"

"네, 그렇습니다. 왕웨이 외교부장은 중국 천진에서 잠수함을 타고 북한을 방문하였습니다."

수호의 말에 정동영 대통령은 이해가 가질 않았다.

멀쩡한 육로나 비행기를 두고 왜 해로를 이용한 건지.

그리고 왜 아무도 모르게 방문하고 싶던 건지.

"정 회장님의 의견을 듣고 싶군요."

"제 생각을 말씀드리기 앞서 중국의 상황을 아셔야 할 것 같습니다. 현재 중국은 미국, 대만, 인도, 그리고 우리 대한민국과 날을 세우면서 첨예하게 대립하고 있습니다."

"그렇지요."

"중국이 원래 미국과는 그런 사이였지만, 대만과 인도는 그러지 않았습니다. 그런데 최근 저희 회사가 많은 무기들을 판매하면서 군사적으로 큰 성장을 이루었지요."

"큰 거래였다는 걸 저도 알고 있습니다."

"네, 그렇습니다. 그런데 문제는 그들이 대립하고 있는 이들이 우연하게도 모두 중국이다 보니, 대한민국에 좋지 않은 감정을 가지고 있었습니다. 그래서 최근에 한국과 가까운 산동성에 방사포 부대를 이동 배치한 것이었습니다."

"그건 저도 이미 알고 있는 상항입니다만……."

수호가 말하는 부분들은 정동영 대통령도 충분히 보고를 받은 사항들이었다.

그래서 스카이넷 시스템이 개발된 것에 더 기뻐한 것이었고.

그리고 그때, 정동영 대통령의 머릿속에 무언가가 번뜩이며 스쳐 지나갔다.

"설마?"

깜짝 놀란 정동영 대통령이 눈을 부릅뜨며 수호를 쳐다보았다.

"아마 대통령님이 생각하시는 그게 맞을 겁니다. 중국은 지금 북한을 이용해 저희를 흔들려고 하고 있습니다."

"그래서 비밀리에 북한을 방문한 거였군요!"

정동영 대통령은 엉켜 있던 실마리가 풀리는 것처럼 환한 기분을 느꼈다.

하지만 마음 한구석에서는 불안감이 스멀스멀 올라오기 시작했다.

"그렇다면 정 회장님은 중국이 북한을 이용해 저희를

공격할 거라 생각하시는 건가요?"

자신의 생각이 틀리길 기도하던 정동영 대통령이었지만, 수호는 그 기대를 단단히 부셔 버렸다.

"네, 저는 그렇게 생각하고 있습니다."

"크흠."

침음을 삼킨 정동영 대통령은 참담한 기분을 느낄 수밖에 없었다.

고작 정치적인 이유 하나 때문에 같은 민족인 북한이 대한민국을 공격할 것이라는 사실이 답답했기 때문이다.

"그렇다면 혹시… 정 회장님은 이 문제를 해결할 방법을 알고 계신가요?"

정동영 대통령은 이 사태를 일개 기업의 회장인 수호가 해결할 수는 없을 거라 여겼지만, 막막한 기분은 조금이라도 없애 보고자 큰 기대를 갖지 않은 채 물어보았다.

이에 수호는 입가에 씨익 미소를 그렸다.

"네, 그렇습니다."

*　　　　*　　　　*

청와대 NSC 회의실

회의실 내에는 심각한 분위기가 감돌고 있었다.

그도 그럴 것이, 중국의 외교부장인 누구의 감시도 받지 않기 위해 은밀하게 잠수함을 타고 북한에 들어간 사실을 들었기 때문이다.

"대통령님, 이게 정말입니까?"

"아니, 누가 이런 정보를……."

긴급하게 소집된 NSC에 참석한 이신형 국무총리에 이어 최대환 국방부 장관이 입을 열었었다.

한 나라의 외교를 책임지는 자리에 있는 외교부장이 군용기도 아니고 잠수함이라니.

어처구니없는 일이 아닐 수 없었다.

비공식적인 방문을 위해 군용기를 이용할 수도 있었다.

미국의 국무 장관이나, 국방 장관이 종종 한국에 찾아올 때 그런 식으로 방문을 하기도 했으니까.

하지만 중국의 왕웨이 외교부장처럼 잠수함을 이용한 이동은 단 한 번도 없었다.

외교부장은 군인이 아니기에 잠수함처럼 바다 속으로 은밀하게 이동할 이유가 전혀 없었기 때문이다.

그런데 그런 관례가 중국으로 인해 깨졌다.

중국의 외교부장이 이러한 시기에 잠수함을 이용해 북한을 찾을 일이 뭐가 있겠는가?

그저 한국을 겨냥한 어떤 음모를 꾸미기 위한 것밖에는.

"SH의 정 회장에게서 전달된 정보요."

정동영 대통령은 수호와 한 시간 정도 독대를 했다.

그리고 수호가 돌아간 뒤 바로 국가안보회의 즉, NSC를 소집한 것이었다.

"정 회장이요?"

표정이 굳어진 이신형 국무총리가 물었다.

아니, 이는 답을 구하기 위한 말이 아니었다.

그저 대통령의 입에서 SH 그룹의 정수호 회장의 이름이 나옴으로써 전달받은 정보의 출처가 확실하다는 것과 정보에 확신을 불어넣기 위한 일환일 뿐이었다.

"헉!"

아니나 다를까, 이신형 국무총리뿐만 아니라 정보의 출처를 확인한 다른 NSC 위원들도 하나같이 경악하는 모습을 보여 주었다.

"정 회장의 예상으로는 중국이 우리의 미사일 방어 체계를 시험하려 하고 있다고 합니다."

놀라고 있는 NSC 위원들을 보며 정동영 대통령은 수호로부터 들은 이야기들을 하나둘 꺼내기 시작했다.

"아니, 우리와 무슨 원수를 졌다고 그것을 시험하려고 한다는 말씀이십니까?"

보다 못한 NSC 위원 중 한 명이 어처구니없다는 표정으로 물었다.

그리고 그건 이 자리에 있는 사람들 모두가 가지고 있는 생각이었다.

"중국은 오래 전부터 우리 한반도를 탐내고 있었지 않습니까? 그리고 또……."

최근 대만으로 그리고 인도로 판매한 무기들로 인해 중국의 심기가 무척이나 불편한 것까지 이야기를 하자, 이를 들은 NSC 위원들의 표정도 점차 굳어져 갔다.

최근 중국은 한국산 무기들 때문에 심각한 곤욕을 치렀다.

과거 대만이 독립을 요구하면서 중국 공산당이 난리를 친 적이 있었다.

다만, 대만이 독립을 강하게 주장하지 못하고 있던 이유는 그들이 보유한 군사력이 중국과 비교 자체가 불가능했기 때문이었다.

그런데 최근 한국산 무기를 수입하고 또 부족한 최신예 전투기까지 라이선스 생산하기에 이르자, 자신감이 생겨 중국에 대해 큰소리를 치고 있었다.

그러니 중국의 입장에서는 대한민국이 얼마나 밉겠는가.

"그래도 그렇지, 이런 몰상식한 짓을 하다니……."

누군가의 입에서 볼멘소리가 나오기는 했지만, 아무도 대꾸를 하지 않은 채 현재 안건에 대해 집중했다.

"하지만 이대로 두고만 볼 순 없는 일 아니겠습니까?"

이신형 국무총리는 미간을 찡그리며 물었다.

그도 그럴 것이, 중국의 외교부장이 북한에 들어가 무슨 말을 할지 알 수는 없지만, 그것이 결코 대한민국에 좋지만은 않을 것이란 걸 알 수 있었기에 대책 마련이 시급해 보였다.

"그렇게 걱정할 것은 없습니다."

"네? 아니, 그게 무슨 말씀이십니까?"

걱정할 것이 없다는 대통령의 말에 이신형 국무총리는 황당하다는 표정으로 그게 무슨 말인지 물었다.

"잊으셨습니까? 저희에게는 완벽한 미사일 방어 체계가 준비되어 있지 않습니까? 비록 수량은 적긴 하지만."

물론 대통령이라고 불안한 것은 아니었다.

하지만 이런 자리에서 굳이 자신의 불안한 모습을 보여 줘 봐야 좋을 것이 없기에 강한 모습을 내보이는 것이었다.

최대환 국방부 장관은 그제야 생각이 났다는 듯 탄성을 지르며 소리쳤다.

울트라 코리아

"맞아, 스카이넷!"

"맞습니다. 우리에게는 북한의 탄도미사일을 모두 요격할 수 있는 체계가 완벽하게 준비되어 있습니다."

NSC 위원들이 하나둘 깨닫고 탄성을 내지르자, 정동영 대통령은 그제야 대한민국이 가진 최강의 방패를 언급하며 이야기를 풀어 나갔다.

"이 자리는 중국의 사주를 받은 북한의 미사일 공격을 걱정해 마련한 자리가 아닌, 그것을 어떻게 이용할 것인지에 대해 논의를 하려는 자립니다."

그제야 정동영 대통령은 자신이 무엇 때문에 NSC 회의를 소집한 것인지 이야기하였다.

한 시간 전, SH 그룹의 정수호 회장과 독대를 가지면서 그에게서 들은 계획을 마치 자신이 생각해 낸 것처럼 다른 위원들에게 얘기했다.

그런 정동영 대통령의 놀라운 계획에 회의에 소집된 NSC 위원들은 하나같이 감탄을 하였다.

그리고 그중 가장 놀란 사람은 군과 관련이 있는 최대환 국방부 장관이었다.

군인 출신인 그로서는 대통령이 이 정도로 군사작전에 통달한 견해를 가지고 있는 것이 신기했다.

뿐만 아니라 그 빈틈없는 완벽함에 감탄을 할 수밖에 없었다.

"대통령님께서 그 정도로 군사작전에 견해가 있는 줄 미처 몰랐습니다."

최대환 국방부 장관은 자신도 모르게 대통령에게 느끼고 있는 감정을 얘기하였다.

그리고 최대환 국방부 장관에 이어 다른 NSC 위원들도 한마디씩 하였는데, 그 내용은 최대환 국방부 장관과 그리 다르지 않았다.

"아니, 뭐, 그 정도로……."

칭찬을 들은 정동영 대통령은 저도 모르게 겸연쩍어하였다.

그도 그럴 것이, 조금 전 자신이 한 이야기는 모두 수호가 한 이야기를 조금 간추려 한 이야기였기 때문이다.

물론 수호가 자신이 한 생각이라고 말하지 말아 달라고 부탁했기에 그런 것이지만.

"그런데 SH의 정수호 회장이 알 정도면 미국도 이 사실을 알고 있는 거 아닙니까?"

화기애애하던 분위기가 안보 수석이 뱉은 말로 인해 순식간에 냉기가 돌기 시작했다.

그도 그럴 것이, 세계 최강인 미국은 단순히 군사력에서만 세계 제일이 아닌, 정보전에서도 세계 제일이었기에 지금의 위치에 있는 것이었다.

그런데 동북아에 있는 작은 나라에 자리한 기업의 오너가 알고 있는 사실을 미국이 모를 리 없을 거란 사실은 누구나 생각할 수 있는 문제였다.

더욱이 동북아는 현재 미국이 가장 신경을 쓰고 있는 지역 중 하나.

그렇기 때문에 미국의 눈과 귀라 할 수 있는 CIA의 감시망이 집중되어 있는 지역이기도 했다.

그런데 아무런 이야기가 없다는 것은 미국도 이번 일을 통해 한국이 구축한 미사일 방어 체계를 시험하려는 것은 아닌가 하는 의심을 가지게 만들었다.

"설마… 미국도?"

그들이 아는 미국의 역량이라면 충분히 중국의 외교부장이 북한으로 들어간 사실을 알고 있었을 것이다.

하지만 미국은 대한민국에 아무런 정보도 주지 않고 있었다.

비록 한국이 미국으로부터 전시 작전권을 가져왔다고는 하지만, 어찌 되었든 대한민국은 미국의 동맹이지 않은가.

동맹이 공격받을지도 모르는 일에 아무런 정보도 주지 않고 있다는 것은 충분히 의심받을만 한 상황이었다.

3. 엇갈리는 미국의 행보

지상 40㎞ 상공에서는 아무런 소리도 들리지가 않았다.

하지만 커다란 모니터 상에는 지상에서 벌어지고 있는 상황이 일목요연하게 비치고 있었다.

"공격이 시작되었습니다!"

봉황 1호의 오퍼레이터는 자신이 지켜보던 모니터 상에 북한군의 방사포와 장사정포, 그리고 미사일이 발사되는 모습을 확인하고는 큰 소리로 외치며 현 상황에 대해서 알려 왔다.

"요격 준비!"

손일원 함장은 봉황 1호의 조종실 내 자신의 자리에서 단호한 목소리로 지시를 내렸다.

"요격 준비!"

손일원 함장의 명령에 조종실 내 운용 요원들은 큰 소리로 복명복창을 하였다.

그러고는 곧바로 신속하게 움직였다.

현재 상황이 훈련 상황이 아닌, 실제 상황임을 알았기에 모두들 긴장한 채 손일원 함장의 입에 집중하였다.

"요격 준비 완료!"

날아오는 탄도미사일을 요격하기 위한 레이저 빔의 발사 준비가 완료된 것을 알리는 승무원의 목소리가 들려왔다.

미사일 요격 준비가 완료가 되었다는 소리에 손일원 함장은 이번에는 다른 명령을 내렸다.

"EMP탄 준비!"

"EMP탄 준비!"

손일원 함장의 명령에 다시 한번 복명복창하는 목소리가 함 내에 울려 퍼졌다.

EMP탄은 아주 우연히 발견된 현상에서 인위적으로 무기화된 폭탄으로, 사실 폭탄이라 불리기도 뭐한 그런 무기였다.

처음 발견한 것이 미국이다 보니 EMP에 대한 연구가 미국이 가장 발달되어 있었지만, 대한민국도 그에 못지 않은 연구 성과를 보이고 있었다.

수호와 슬레인이 중국 해커들이 수집한 자료들을 바탕으로 개량에 개량을 거듭했기 때문이다.

그리고 결국 비록 핵폭탄에 들어가는 우라늄이나, 플루토늄은 들어가지 않았지만, 그에 버금가는 위력을 가진 EMP탄을 개발하였다.

그리고 지금 이들은 수호와 슬레인이 개발한 그것을 사용하려는 중이었다.

만약 작전대로 EMP탄이 정확하게 목표 지점에 떨어지게 된다면, 봉황 1호가 더 이상 할 일은 존재하지 않을 것이었다.

그럼에도 불구하고 손일원 함장은 EMP탄의 준비를 먼저 하지 않고, 혹시나 있을지 모르는 변수를 생각해 탄도미사일 요격 준비를 먼저 한 뒤에 EMP탄을 준비시켰다.

"치우 준비!"

EMP탄 준비를 명령한 손일원 함장은 이번에는 치우를 준비하란 명령을 내렸다.

하지만 여기서 치우란 바로 삼일 전, 봉황 1호에 탑승한 777부대를 의미하는 것이었다.

그들의 부대 상징인 고대 배달국의 14대 천왕인 자오지 환웅의 얼굴을 형상화한 도깨비에서 따온 것이기에 그들을 치우라 지칭하였다.

그때, 특전사 777부대원들은 대한민국 우주군 소속 공중 순양함인 봉황 1호의 격납고의 한쪽에 옹기종기 모여 있었다.

"우리는 역사적 사명을 띠고 이 자리에 모였다."

777부대의 부대장인 김주성 대령은 두 눈을 차갑게 빛내며 자신의 부하들을 돌아보며 연설을 하기 시작했다.

"우리는 곧! 평양으로 향한다."

"악!"

"평양에 들어서면 많은 난관이 우리를 기다릴 것이다."

"악!"

"하지만 난 너희를 믿는다."

김주성이 무슨 말을 할 때마다 힘찬 목소리로 대답을 외치던 부대원들이 순간 조용해졌다.

하지만 이들의 눈빛은 그 어느 때보다 진중하고 밝게 빛나고 있었다.

"다만, 우리의 임무는 거기까지다."

부대장인 김주성 대령이 하는 이야기에 집중을 하던

이들은 순간 당황해했다.

평양으로 간다고 해 놓고 거기까지라니.

777부대원들은 김주성 대령이 한 말을 이해하지 못했다.

하지만 뒤이은 설명에 그제야 이해할 수 있었다.

"우리는 평양을 점령하고 북한의 수뇌부 중 일부를 풀어 줄 예정이다."

"……."

"하지만 이것은 큰 뜻을 품은 비밀 작전을 위한 일환이기에 한 치의 의심도 하지 말고 작전에 임해 주길 바란다."

작전에 대한 개요는 알 수 없었지만, 육군본부에서 큰 그림을 위해 북한 수뇌부의 일부를 풀어 주는 것이라 여기면 되는 일이었다.

어떤 큰 그림인지는 알 수는 없었지만, 군인이기에 이해하지 못해도 넘어갈 수 있었다.

하지만 왠지 모르게 부대원들은 가슴이 두근거리는 듯한 느낌을 받았다.

아마도 한반도 통일이라는 거대한 과제의 최선두에 설 수 있는 영광을 얻었기에 그런 것인 듯했다.

─ 치우 준비!

777부대원들이 부대장인 김주성 대령의 연설에 고무되어 있을 때, 격납고에 있는 스피커에서 준비하라는 소리가 들려왔다.

척! 척! 척!

777부대원들은 스피커에서 들린 소리에 자신의 장비들을 다시 한번 점검하였다.

이미 준비가 되어 있기는 했지만, 장비를 확인하는 것은 여러 번 해도 절대 부족하지 않으니까.

"영광의 시간이 도래했다."

부하들의 동작이 일사분란하게 움직이기 시작하자, 김주성 대령은 중저음의 목소리로 부대원들을 고무시켜 주었다.

"악!"

김주성 대령의 목소리에 777부대원들은 다시 한번 소리를 질렀다.

그들의 우렁찬 대답 소리가 봉황 1호의 격납고 내에 울려 퍼졌다.

위잉! 위잉!

스피커에서 요란한 경고음이 울렸다.

─ 격납고 문이 열립니다. 안전선 뒤로 물러나 주십

시오. 다시 한번······.

스피커에서는 요란한 경고음이 울리면서 격납고 내에 있는 인원에게 안전선 뒤로 물러날 것을 안내하였다.

그러자 김주성 대령은 부하들을 보며 명령을 내렸다.

"엔진 점화!"

"엔진 점화!"

김주성 대령의 명령에 777부대원들은 복창하며 등에 지고 있던 제트 팩의 엔진에 점화를 하였다.

부앙! 씨이잉!

처음 점화를 했을 때는 폭발하는 것 같은 커다란 소음이 들렸다.

하지만 어느 정도 예열이 되고 엔진이 정상 작동하자, 그때부터는 대기를 파열하는 듯한 소음이 들려왔다.

부하들이 제트 팩의 엔진을 점화하는 것을 확인한 김주성 대령은 무전기에 입을 갖다 대곤 말했다.

"치우 대기 완료."

김주성 대령의 목소리는 약간 떨리고 있었지만, 표정은 그 누구보다 밝았다.

*   *   *

긴장된 봉황 1호의 운용실.

— 치우 대기 완료.

격납고에 대기를 하던 777부대에게서 연락이 왔다.

이를 들은 손일원 함장은 고개를 전방에 있는 대형 모니터로 돌렸다.

그러고는 웅장하게 말했다.

"EMP탄 발사!"

"EMP탄 발사!"

손일원 함장의 명령에 운용 요원들의 복창과 함께 EMP탄이 발사가 되었다.

"첫 번째 EMP탄 금수산 태양궁전 타격!"

"두 번째 EMP탄 김일성 광장 타격!"

"세 번째 EMP탄 미림 승마구락부 타격!"

오퍼레이터로부터 순차적으로 EMP탄의 타격 지점에 대한 보고가 신속히 들어왔다.

북한은 평양 시 지하에 거대 지하 도시를 건설해 놓고, 그곳에 대규모 군사시설은 물론이고 핵공격 시 방어진지로 활용할 수 있는 모든 시설들을 갖춰 놓은 상태였다.

그렇기 때문에 일반적인 공격으로는 절대 타격을 줄 수가 없었다.

그렇다고 대규모 폭격을 하는 것도 여의치 않았는데, 그 이유는 세계 그 어떤 곳보다 대공방어 체계가 빽빽하게 들어서 있었기 때문이다.

하지만 EMP 공격이라면 북한의 빽빽한 대공방어 시설이라도 무용지물이었다.

EMP탄은 상공 10㎞ 지점에서 공중폭발을 하기 때문이었다.

그렇게 공중에서 폭발한 EMP탄은 직경 15㎞ 범위에 전자기 펄스를 발생시키며 일대의 전자 기기들을 무력하게 만들도록 설계되어 있었다.

물론 효과가 영원한 것은 아니었고, 10분 정도 그렇게 전자기 펄스를 내뿜다 작동을 멈추게 만들어졌다.

그렇지만 EMP탄에 노출된 전자 기기들은 기기 내 회로가 모두 전자기 펄스에 의해 타버려 고철덩이가 된 뒤이기에, 기기들을 모두 교체를 하기 전까진 사용할 수가 없을 것이다.

물론 전자기 펄스가 작동하기 전, 전자 기기를 사용 중단했다면 공격에서 살아남을 수 있겠지만, EMP탄의 폭발 시기를 알고 사전에 대비를 하는 것은 불가능에 가까운 일이었기에 그럴 일은 없을 터였다.

예상대로 현재 봉황 1호에서 발사된 EMP탄에서 쏟아진 전자기 펄스에 노출된 평양 시내는 순간적으로 모든 전자 기기들이 작동을 멈췄다.

"치우 출격! 치우 출격!"

봉황에서 발사된 EMP탄이 정확하게 목표 지점에 명중한 것을 확인한 손일원 함장은 다시 한번 무전으로 777부대를 호출해 출격하라는 명령을 하달하였다.

* * *

— 치우 출격! 치우 출격!

스피커에서 출격하라는 명령이 들려왔다.

제트 팩에 엔진을 점화한 상태로 대기를 하고 있던 777부대원들은 부대장인 김주성 대령의 명령을 기다렸다.

상부의 명령이 떨어진 이상 곧 있으면 부대장인 김주성 대령이 명령을 하달할 것이었다.

그러면 격납고에 대기하고 있던 777부대원들은 열린 게이트를 넘어 성층권으로 뛰어들 테고.

"GO! GO! GO!"

너무도 간단한 공수 명령이 떨어졌다.

하지만 이번 공수는 이전의 낙하산을 매고 비행기에서 뛰어내리는 것과는 그 궤가 전혀 달랐다.

낙하산을 대신 제트 팩을 등에 지고, 대류권도 아닌, 지상 40㎞ 상공의 성층권에서 뛰어내리는 것이었기에 긴장도 되었다.

낙하 속도가 아마 못해도 시속 300㎞는 넘을 것이었다.

그렇지만 777부대원들은 두려워하지 않았다.

이미 이런 훈련은 한 달 전부터 해 왔기 때문이다.

파워슈트를 지급받아 적응 훈련을 하고 어느 정도 적응이 되자, 이번에는 특전사의 기본 훈련인 공수 훈련을 했다.

물론 파워슈트를 입은 채로.

지금처럼 등에 지고 있는 제트 팩이 주어지며 성층권에서의 공수 낙하 훈련을 받았다.

그것도 백 번 가까이.

그래서 그들은 일반인이었다면 오금을 지릴 상황에서도 미소를 짓고 있는 것이었다.

슝! 슝! 슝!

명령이 떨어지기 무섭게 격납고에 대기하던 777부대원들은 한 치의 망설임도 없이 봉황 1호의 밖으로 뛰어나갔다.

기본 무장에 제트 팩까지 짊어진 부대원 한 사람의 무게는 무려 200kg에 육박하는 무게였지만, 파워슈트 때문에 무겁게 느끼는 이가 아무도 없었다.

낙하 속도는 제트 팩으로 인해 그리 빠르지 않았다.

또한 서울 상공에서 평양까지 비스듬히 날아가는 것이기 때문에 보통의 스턴트맨이나, 낙하산 하나만 메고 자유낙하를 하는 이들과는 달리 일정하게 활공을 하고 있었다.

그렇게 부하들이 모두 봉황 1호에서 뛰어내리고 가장 늦게 김주성 대령이 출발했다.

하지만 그는 제트 팩의 파워를 높여 가장 선두로 치고 나갔다.

한편 모니터로 김주성 대령과 777부대원들이 뛰어내리는 모습을 지켜보고 있던 손일원 함장과 운용 요원들은 조용히 거수경례를 하고 있었다.

이는 막중한 임무를 띠고 떠나는 동료에 대한 경의였다.

그렇지만 봉황 1호의 승무원들의 경례를 받고 있다는 사실을 모르는 777부대원들은 자신들에게 맡겨진 임무를 완벽하게 완수하기 위해 평양으로 향하고 있었다.

*　　　*　　　*

울트라 코리아

양양 SH인더스트리 내 대피소.

혹시 모를 북한의 공격에 대비하기 위해 SH 그룹에서는 이곳에 인더스트리를 건설할 때부터 부지 내에 방공호 역할을 할 수 있는 대피소를 함께 건설하도록 설계하였다.

지하 100m 아래에 준비된 이곳은 핵폭탄이 직격을 하더라도 이 아래까지 폭발의 충격이나, 방사능이 침투하지 못하게 설계가 되어 있었다.

그렇기에 공습경보가 울리자마자 이곳으로 대피를 한 SH인더스트리 내 직원들과 관계자들은 안심하고 시설 내를 돌아다니고 있었다.

SH인더스트리 지하는 북한의 평양을 능가하는 지하 도시화가 되어 있었다.

수용 인원의 주거 시설은 물론이고 마켓과 병원 등의 편의 시설과 농구장, 수영장 등 스포츠를 즐길 수 있는 여흥 시설까지 완벽하게 갖춰져 있어 전혀 불편하지 않았다.

"이게 대체 무슨 일이야?"

김정만은 느닷없이 울린 사이렌으로 인해 스피커에서 안내하는 대로 따라 왔다.

그렇게 지하 대피소로 온 그는 저도 모르게 무슨 일

인지 몰라 혼자 중얼거렸다.

"북한에서 도발을 한 것 같습니다."

수호가 그런 정만의 의문에 답을 해 주었다.

"도발이요? 갑자기 왜요?"

북한의 도발이란 이야기에 의문이 든 김성찬 PD가 질문을 하였다.

그도 그럴 것이, 북한의 느닷없는 도발이 이해가 되지 않았기 때문이다.

더욱이 얼마 전에는 대한민국에 세계 최초로 탄도미사일까지 요격이 가능한 시스템이 실전 배치되지 않았는가?

그런 상황에서 북한이 도발을 한다는 것이 상식적으로 말이 되겠는가.

"북한이 언제 상식이 통하는 나라였습니까? 뭔가 그들만의 생각이 있겠지요."

수호는 적당한 이야기를 해 주며 저도 모르게 북쪽을 향해 고개를 돌렸다.

지금쯤이면 아마 자신이 계획한 대로 특전사가 북한으로 침투를 했을 것이기 때문이다.

'통일 아니, 대한민국이 잃어버린 고토를 되찾는 첫걸음이야.'

북한의 도발은 이미 예정되어 있는 일이었다.

자신이 스카이넷 시스템을 완성한 이후, 북한이 할 행동에 대해선 이미 슬레인을 통해 시뮬레이션을 해 보았다.

그리고 그 결과, 북한은 체제의 안정을 꽤하기 위해 무력 도발을 해 올 거라는 걸 알 수 있었다.

그렇지만 시뮬레이션 상 단 한 번도 북한은 남한에 대한 공격을 성공하지 못했다.

그동안 자신과 슬레인이 준비해 온 것들로 인해 북한이 할 수 있는 모든 행동들이 실패로 돌아갔기 때문이다.

하지만 결과는 다양하게 나타났다.

자신이 어떻게 아니, 대한민국 정부가 어떻게 하느냐에 따라 나타난 결과는 천차만별이었다.

그런 결과에 속에서 수호는 대한민국에 가장 좋은 결과를 낸 시뮬레이션을 토대로 준비를 했다.

그리고 이젠, 그 결과만 지켜보면 되는 상황이었다.

*   *   *

CIA나 NSA만큼이나 유명하진 않지만, 미국의 5대 정보기관 중 하나인 NRO(국가정찰국)는 인공위성을 이용한 지구 권을 감시 및 정찰, 정보 획득을 하는 기관으로서 한 해 100억 달러의 예산을 사용하는 것으로 추정되었다.

이렇듯 막대한 예산을 사용하다 보니, 이들이 보유한 인공위성 기술은 미항공우주국(NASA)보다 더 뛰어났다.

일례로 NRO에서 구세대 모델로 처박아 둔 키홀 광학 정찰위성이 NASA가 운용하던 허블 우주 망원경보다 훨씬 성능이 뛰어났을 정도였으니까.

이런 NRO에서는 한반도의 상황을 예의주시하고 있었다.

그러던 중 북한의 이상 반응을 포착하고 상부에 보고를 하였는데, 돌아오는 답변은 계속 지켜보라는 것뿐이었다.

예전 같았으며 신속하게 정보를 넘기고 실시간으로 보고를 올리라고 했을 테지만, 전시 작전권이 한국에 넘어간 뒤로 NRO는 특별한 활동 없이 그냥 정보 수집만 하고 있는 중이었다.

"이거 한반도에 전쟁이라도 나는 거 아니야?"

한창 위성에서 보내오는 영상을 확인하던 터커 밀러는 혼잣말로 중얼거렸다.

"야, 터커 무슨 일인데 그렇게 입이 오리 주둥이마냥 나온 거야?"

동료인 터커의 투덜거리는 소리를 들은 에던 윌리엄스가 물었다.

"그게… 북한 놈들의 움직임이 심상치 않아."

터커는 동료인 에던의 질문에 자신이 보고 있던 영상을 가리키며 대답을 하였다.

"그거야 며칠 전부터 그런 것 아냐? 훈련하려고?"

모니터를 확인한 에던은 고개를 갸웃거리며 별거 아니란 듯이 물었다.

그 또한 며칠 전부터 시작된 북한군의 휴전선 일대의 움직임을 보았기에 그리 판단한 것이었다.

하지만 계속해서 북한군의 동향을 살펴보고 있던 터커는 그게 아님을 알 수 있었다.

"저 봐, 지금 저놈들 실탄을 자주포에 싣고 있어."

터커는 모니터를 가리켰고, 에던은 북한군이 장사정포에 포탄을 싣고 있는 것을 확인할 수 있었다.

깜짝 놀란 에던이 소리쳤다.

"어? 저놈들 진짜 장난 아닌 것 같은데?"

그제야 에던도 지금 자신들이 보고 있는 북한군의 동향이 이전의 훈련과는 양상이 전혀 다름을 깨달을 수 있었다.

"어서 상부에 보고해!"

상황의 심각성을 깨달은 에던이 급하게 터커에게 소

리를 질렀다.

"알았어."

터커는 부랴부랴 상부에 보고하기 위해 뛰쳐나갔다.

＊　　　　＊　　　　＊

미국 대통령의 집무실이 있는 백악관.

긴급 소집된 NSC로 인해 존 바이드 대통령의 집무실은 무거운 분위기가 펼쳐지고 있었다.

"드디어 시작을 하려는 것인가?"

일주일 전, CIA로부터 중국 외교부장이 사라졌다는 보고를 받았다.

그러면서 별첨 된 의견으로는 잠수함을 타고 북한으로 들어간 것 같다는 내용도 있었다.

그렇기에 존 바이드 대통령은 현재 한반도의 휴전선에서 벌어지고 있는 북한군의 행동에 대해 어느 정도 짐작할 수 있었다.

"한국의 반응은 어떻지?"

커다란 모니터를 보던 존 바이드 대통령은 고개를 돌려 CIA 국장인 조나단을 보며 물었다.

"한국은 이미 전시체제로 들어갔습니다."

"그래? 생각보단 빠르군. 흐음."

조나단 샌더슨 CIA 국장의 보고에 존 바이드 대통령은 고개를 갸웃거리며 침음했다.

한국군의 반응이 예상하고 있던 것보다 훨씬 더 신속했기 때문이다.

대한민국은 이미 모든 준비를 갖추고 미국으로부터 전시 작전권을 가져간 것이었다.

다만, 여기 있는 존 바이드 대통령 예하 군 관계자들은 이러한 사실을 알지 못했기에, 그저 향상된 군사력만 가지고 자신들에게서 전시 작전권을 가져갔다고만 생각하고 있었다.

물론 그것도 맞는 말이기는 했지만, 이들은 아직도 대한민국을 과소평가하고 중이었다.

자신들이 개발에 실패한 많은 첨단 무기를 개발하는 데 성공했음에도 불구하고, 여기 모인 미국의 NSC 위원들이나 존 바이드 대통령 모두 현재의 대한민국을 자신들과는 비교할 수 없을 정도로 약하다 생각했다.

이는 대한민국의 태생부터, 그리고 얼마 전까지 자신들에게 의존을 해 온 나라였기에 그런 것이었다.

수호가 외계인(푸르그슈탈)을 만나 인간의 상식을 초월하는 능력을 받은 이후, 대한민국은 이전과는 다른 오버 테크놀로지의 혜택을 받고 있었다.

그러한 사실을 이들이 알 순 없었기에 한편으로는 이

해가 되는 상황이었다.

"언제 저들의 능력이 이 정도까지 이르게 된 거지?"

존 바이드 대통령은 자신의 판단으로는 이해하기 힘들었는지 주위를 둘러보며 물었다.

한국이 자체적으로 로켓을 발사하면서 우주에 인공위성을 몇 개 가져다 놓기는 했지만, 이 정도로 신속하게 북한군의 움직임을 파악하고 대비를 할 정도는 아니라 생각했다.

그런데 지금 한국군의 반응을 보면 그게 오판이었음을 깨닫게 해 주었다.

"예전부터 느끼는 것이지만, 한국인들은 참으로 독특한 인간들이야."

가만히 지켜보고 있던 제레미 라이스 부통령이 자신의 생각을 툭 내뱉었다.

"그렇지, 한국인들은 참으로 이해하기 힘든 민족이야."

존 바이드 대통령 또한 부통령인 제레미 라이스의 말에 수긍하듯 말했다.

"그런데 말이야, 북한군의 뒤에 중국 정부가 있다는 것을 한국 정부는 알고 있는 건가?"

제레미 라이스 부통령이 궁금하다는 듯 고개를 돌려 조나단 CIA 국장에게 물었다.

"아마 모르고 있을 가능성이 높습니다."

"그렇겠지?"

"100%라 장담할 수는 없지만, 정찰 자산이 부족한 한국이기에 모를 가능성이 높다고 판단하고 있습니다."

"흠⋯⋯."

조나단 CIA 국장의 대답에 제레미 라이스 부통령은 침음을 삼켰다.

'동맹인 한국에 알리는 것이 좋지 않았을까?'

존 바이드 대통령과 다르게 제레미 라이스 부통령은 잠시 고민을 하였다.

대통령인 존 바이드는 전시 작전권이 한국군으로 넘어간 순간부터 지금까지 많은 정보들을 한국에 넘겨주지 않고 있었다.

그중에는 이번 북한군의 기습 도발이 중국 정부의 사주가 있다는 것도 포함이 되었다.

한미 동맹 관계를 생각하면 이런 처사는 양국 관계에 결코 좋은 영향을 끼칠 수가 없었다.

더욱이 현재의 한국은 예전처럼 안보를 전적으로 미국에 의존하는 그런 나라가 아니었다.

세계 최초로 탄도미사일 요격 체계를 완성했으며, 천문학적인 예산을 투입하고도 개발에 실패를 한 파워슈트까지 개발해 실전 배치를 한 나라였다.

뿐만 아니라 미 해군도 도입하길 요구하고 있는 초고속발사체(High—Speed Projectile) 또한 개발해 자신들을 경악하게 만들지 않았는가.

이런저런 생각을 하던 제레미 라이스 부통령은 저도 모르게 존 바이드 대통령을 돌아보았다.

"뭐, 할 말이라도 있는 건가?"

자신을 슬쩍 곁눈질하는 친우의 모습에 존 바이드 대통령은 고개를 갸웃거리며 물었다.

그런 존 바이드 대통령의 물음에 제레미 라이스 부통령이 입을 열었다.

"한국에는 정말로 알리지 않을 것인가?"

"무엇을 말인가?"

자신의 질문이 무엇인지 모른다는 표정으로 되묻는 존 바이드 대통령에게 제레미 라이스 부통령이 단도직입적으로 말했다.

"지금 벌어지고 있는 일의 배후에 중국 정부가 있다는 사실을 말이네."

"굳이 우리의 우산에서 벗어난 한국에 그런 조언을 해 줄 의리는 없다고 생각하는데?"

동맹 관계에 있는 한국과 미국을 생각하면 방금 전 존 바이드 대통령의 발언은 심각한 협정 위반이라 할 수 있는 발언이었다.

양국이 맺은 협정에는 상호 보호 문구가 엄연히 존재했으니까.

그런데 북한이 중국 정부의 지시를 받아 기습 도발을 하려고 하는데, 이런 사실을 알면서도 한국에 알리지 않는 것은 양국 관계의 신의를 심각하게 훼손하는 행위였다.

"방금 그 발언은 무척이나 신중하지 못한 발언이네."

제레미 라이스 부통령은 심각한 표정으로 친구이자, 대통령인 존 바이드에게 조언을 하였다.

"하하하, 이 자리에 있는 사람 중 방금 내가 한 말을 한국 정부에 말할 사람이 있나?"

조언을 하는 제레미 라이스 부통령을 보면서 존 바이드 대통령은 마치 장난이라도 치듯 웃으며 집무실에 모인 NSC 위원들을 보며 물었다.

"수천 마일도 더 떨어진 한국에 누가 연락을 하겠습니까?"

존 바이드 대통령의 말을 받은 사람은 열렬한 그의 지지자인 안보 수석, 이안 맥그리거였다.

하지만 모두가 그와 같은 생각을 하는 것은 아니었다.

"안보 수석은 말을 할 때 조심하는 것이 좋을 겁니다."

대통령에게 아부를 하는 이안 맥그리거 안보 수석의 대답을 들은 조나단 샌더슨 CIA 국장은 표정을 굳히며 경고를 하였다.

"아니, 뭐요!"

이에 이안 맥그리거 안보 수석은 미간을 찌푸리며 소리쳤다.

하지만 먼저 말을 꺼낸 조나단은 결코 자신의 뜻을 굽히지 않고 이야기를 이어 갔다.

"한국은 예전의 한국이 아닙니다. 정보 수집 능력은 우리 미국 못지않게 발전했습니다. 그러니……."

한국은 몇 년 전 자신들이 주고받은 비밀 전문을 어떻게 알았는지 협상장에서 터뜨린 적이 있었다.

그 이야기를 듣고 자신이 얼마나 놀랐는지, 이들은 전혀 모르고 있었다.

당시 밀라 모리스 국무 장관은 협상을 마치고 돌아와 자신을 상대로 얼마나 쪼아 댔는지.

그리고 지금 한쪽에 앉아 모니터를 쳐다보고 있는 밀라 모리스 국무 장관의 모습을 쳐다보면서 조나단은 고개를 가볍게 흔들었다.

그런 조나단 CIA 국장의 말끝을 흐리는 행동에 자리에 있던 사람들은 의아하다는 표정을 지었다.

"역시나 한국이 이번에 개발했다는 스카이넷이란 미

사일 방어 체계는 완벽하군요."

아무 말 없이 모니터만 바라보고 있던 밀라 모리스 국무 장관은 화면 가득 펼쳐진 화염을 보며 나직이 말했다.

이에 이야기를 주고받고 있던 사람들이 일제히 전면에 있는 모니터에 집중되었다.

그리고 그들의 눈에 보이는 것은 휴전선 북쪽 북한 지역에서 날아들던 포탄과 로켓들이 공중에서 요격당하고 있는 모습이었다.

'저것을 우리도 들여왔어야 했는데.'

토니 블라터 국방 장관은 한국군이 보유한 스카이넷 시스템이 요격하는 모습을 보면서 속으로 그러한 생각을 하였다.

미국도 보름 전 한국에서 개발된 미사일 요격 체계인 스카이넷 시스템을 구매하기 위해 협상단을 보냈다.

하지만 결과적으로 그러한 시도는 불발로 끝이 나고 말았다.

협상이 불발이 된 배경에는 여러 가지 문제가 있었지만, 가장 결정적인 이유는 바로 예산이었다.

스카이넷 시스템을 개발한 SH항공에서 시스템 하나의 가격을 한 세트에 무려 30억 달러를 책정했기 때문이다.

사우디와 UAE에는 한 세트에 20억 달러에 판매를 하였음에도 불구하고, 동맹인 미국에는 1.5배나 가격이 상승한 30억 달러를 불렀다.

이에 미국은 항의를 해 보았지만, 전혀 통하지 않았다.

아니, 오히려 예전 자신들이 한국에 무기를 판매했을 때 한 내용들을 언급하면서 민망하게 만들었다.

자신들이 언제 그런 경우를 당한 적이 있던가?

세계 초강대국 미국은 언제나 항상 갑의 위치에 있었다.

그렇기에 단 한 번도 다른 나라에 이런 수모를 겪은 적이 없었다.

하지만 이제는 아니었다.

언제나 을의 입장에 있던 한국은 더 이상 존재하지 않았다.

한국은 더 이상 미국의 그늘을 찾던 어린아이가 아니었다.

순박하고 말을 잘 듣는 어린아이와 같던 한국은 이제 이 세상에 없었고, 그 자리에는 노련한 장사꾼이 그동안 자신들이 당한 장부를 가지고 협상장에 나타나 버렸다.

그리하여 협상은 그 자리에서 파토가 나 버렸다.

그래서 존 바이드 대통령은 자신들이 당한 한국의 갑질에 분풀이라도 하듯 정보를 숨기란 지시를 했다.

이는 결코 양국 관계에 좋은 영향을 미치지 못할 게 분명했다.

더욱이 자신들의 안방에 있다고 안심을 하고 있긴 하지만, 조나단의 생각에는 한국이 어쩌면 지금 이곳에서 벌어지고 있는 대화를 모두 감청하고 있을지도 모른다고 판단하고 있었다.

무슨 방법을 사용하고 있는지는 모르겠지만, 그들은 자신들 못지않은 엄청난 능력의 감청 능력을 보유하고 있었으니까.

*　　　　*　　　　*

[마스터, 아무래도 존 바이드 대통령이 딴 생각을 하고 있는 것 같습니다.]

한반도의 문제는 단순하게 한국과 북한만의 문제가 아니었다.

한반도를 둘러싼 중국과 러시아, 일본, 미국 등 여러 나라의 정치적 성향이 복잡하게 얽힌 구도였다.

그렇기에 슬레인은 북한과 중국만 감시를 하는 것이 아니라 크게 중요하진 않지만, 러시아와 일본의 정보도 실시간으로 파악하고 있었다.

물론 미국의 움직임도 당연히 주시하고 있는 중이었고.

"왜 그렇게 생각하지?"

모니터를 통해 북한군이 발사한 장사정포의 포탄과 방사포의 로켓을 방어하고 있는 모습을 지켜보고 있던 수호는 별다른 관심도 기울이지 않은 채 슬레인에게 물었다.

[북한의 배후에 중국 정부가 있다는 사실을 한국 정부에 알리지 않을 것이냐는 제레미 라이스 부통령의 물음에 알리지 않겠다고 대답했습니다.]

무슨 방법을 썼는지 알 수는 없지만, 지금 슬레인은 조금 전 백악관 내에서 대통령과 부통령이 한 대화를 언급하고 있었다.

그런 보고를 들은 수호는 잠시 모니터에서 고개를 돌려 홀로그램으로 서 있는 슬레인을 쳐다보며 입을 열었다.

"어차피 인간은 홀로 서야 하는 것이야. 그건 국가도 마찬가지고."

수호는 눈빛을 차갑게 빛내며 마치 자신에게 다짐을 하는 것처럼 말했다.

이는 슬레인에게 하는 이야기이면서 동시에 자신에게 하는 말이기도 했다.

국제 관계란 그런 것이었다.

자국에 이득이 되지 않으면 냉정하게 끊는.

하지만 존 바이드 대통령의 태도는 뭔가 문제가 많았다.

현재 미국은 한국에 필요로 하는 것이 많았다.

미사일 요격 시스템인 스카이넷 시스템이 그것이고, 아직까지 도입 협상을 하고 있는 HSP(초고속발사체)도 있었다.

물론 파워슈트와 장거리포탄의 경우 필요에 의해 미국에 판매를 하기는 했지만, 수호가 가지고 있는 기술 중에는 아직 미국이 원하는 것들이 많이 남아 있었다.

그런데 존 바이드 대통령은 상황을 오판하고, 협상 중에 자신들이 지금껏 해 온 행동들을 되돌려 받았다고 해서 어린아이처럼 행동을 한 것이었다.

솔직히 현재의 대한민국은 미국이 없더라도 상관이 없었다.

그동안 수호가 우려하던 것은 바로 한반도를 둘러싼 국가들에 핵무기가 있다는 점이었다.

그래서 조심을 하던 것이었는데, 이젠 그 강력한 핵무기에 대한 두려움도 없어졌다.

그것들을 막아 낼 무기를 자신의 손으로 완성을 했기 때문이다.

수호는 자신이 개발한 것들을 세상에 모두 공개한 것이 아니었다.

스카이넷 시스템이 완벽한 미사일 방어 체계처럼 보이지만, 사실 한 가지 약점이 있었다.

그것은 바로 지상이나 공중에서 날아드는 공격이 아닌, 바다 속에서 기습적으로 날아오는 공격은 방어가 불가능하다는 것이었다.

물론 SLBM처럼 수중에서 발사되어 대기권까지 솟구치는 미사일이라면 충분히 스카이넷 시스템으로 요격이 가능했다.

그런데 수직 발사가 아닌, 수중에서 발사되는 어뢰 공격이라면 이야기가 달라졌다.

미국과 러시아 그리고 중국의 경우 핵폭탄을 탑재한 SLBM은 물론이고 핵 어뢰까지 보유하고 있는 상태였다.

비록 파괴력이 탄도미사일인 SLBM에는 미치지 못하지만, 어찌 되었든 핵폭탄을 탑재하고 있기에 그 파괴력은 만만치 않았다.

하지만 이젠 그것도 문제가 되지 않았다.

수호와 슬레인은 스카이넷 시스템을 완성한 뒤, 곧바로 수중에서 발사되는 핵 어뢰 공격을 방어할 수 있는 수단을 완성해 냈기 때문이다.

그렇기 때문에 미국과 협상을 하면서도 그러한 행동을 할 수 있던 것이다.

그런데 이러한 사실도 모르면서 존 바이드 대통령은 발끈하여 악수를 두고 있는 중이었다.

울트라
코리아

4. 추적

북한 평양 북부 금수산 태양궁.

북한의 주석인 김종은이 기거를 하는 곳이자, 북한 전역을 지배하는 곳이기도 한 이곳에는 긴장감이 감돌고 있었다.

그도 그럴 것이, 잠시 뒤면 전쟁이 일어날 수도 있는 일이 벌어질 거란 걸 알고 있었기 때문이다.

그들은 중국 정부의 사주를 받아 남측을 도발할 계획이었다.

이는 단순한 ICBM의 발사 시험이나 국지적 장사정포를 발사하는 정도의 도발과는 전적으로 그 규모가 다르고 또 형태도 달랐다.

중국은 자신들에게 5억 달러와 최신 전차 기술, 그리고 J—16 전투기 생산 기술까지 많은 것들을 넘겨주기로 약속을 하였다.

물론 처음 북한이 요구한 것은 10억 달러였다.

UN의 경제 제재로 인해 수입이 급격하게 떨어졌기 때문이다.

그러나 경제가 어려워진 것과 별개로 돈이 있으면 그러한 문제는 언제든지 해결 가능했다.

그래서 북한은 중국 정부가 남한을 도발하라고 제안을 했을 때도 크게 고민하지 않고 10억 달러를 부른 것이었다.

다만, 협상을 통해 10억 달러는 5억 달러가 되었고, 그 대신 신형 전차를 개발하기 위해 중국의 주력 전차인 99식 전차의 기술을 일부분 이전해 주기로 약속하였다.

거기에 항공 전력의 업그레이드를 위한 J—16 전투기의 생산 기술도 포함되었다.

어차피 J—16이야 중국의 주력 전투기도 아니기도 했고, 중국 또한 러시아의 Su—27 기술을 불법 복제하여 만든 것이었기에 북한 측에 넘기는 걸 별로 어려워하지 않았다.

그리하여 중국과 북한의 협상은 원만하게 이루어졌다.

한데, 막상 계획이 실현되려고 하는 그때, 김종은은 이상한 예감에 휩싸였다.

이상하게도 뭔가 일이 잘못되어 가고 있다는 느낌을 지울 수가 없었기 때문이다.

그렇지만 이미 중국에게 협상의 보상을 일부 받았기에, 이제 와서 계획을 뒤집을 수는 없는 난처한 상황이었다.

'예감이 좋지 않아…….'

김종은은 심각한 표정을 지으며 초조한 얼굴로 집무실을 왔다 갔다 했다.

"위대하고 경애하는 장군님, 찾으셨습네까?"

집무실에 들어온 이는 바로 김종은의 경호를 책임지는 호위총국의 사령관인 리병철이었다.

"기래 어찌 되어 가고 있네?"

"17시 20분에 시작하기로 진행이 되고 있습네다."

"기래? 실수는 없갔지?"

"혁명 전사의 앞에 실수란 없습네다."

리병철은 눈에 힘을 주며 자신들이 하는 일에 실수란 없다고 자신했다.

아마 이미 이런 일이 몇 차례 있었을 때마다 소기의

목적을 이루었기에 리병철은 자신하고 있는 것일 수도 있었다.

아니, 준비가 부족하더라도 이제 와서 안 된다고 말할 수도 없었기에 그냥 밀어붙이는 것인지도 모르는 일이었다.

"기런데 남조선 아들이 가만있겠네?"

솔직히 김종은이 묻고 싶었던 내용은 바로 이것이었다.

현재의 대한민국은 과거 자신의 아버지 때의 대한민국이 아니었다.

경제력은 물론이고 군사력 부분에서도 현격한 격차가 벌어져 있었다.

사실 그 때문에 북한은 김종은의 아버지 때부터 핵무기를 개발한 것이었다.

재래식 무기의 전력으로는 더 이상 남측과 비교할 수 없는 격차가 벌어졌으니까.

그래서 감히 맞대응을 할 수 없는, 맞대응이 불가능한 핵무기에 사활을 걸고 개발에 착수했다.

핵무기는 남측뿐만 아니라 초강대국인 미국도 자신들을 함부로 할 수 없을 것이란 계산이 들어 있었기 때문이다.

실제로도 핵무기를 개발한 것 때문에 UN의 제재를

받기는 했지만, 더 이상 체제에 대한 위협을 하진 못했다.

물론 화가 난 승냥이 마냥 짖어대긴 했지만 그뿐이었다.

아무리 위협을 해도 직접적으로 공격을 받는 것도 아니었기에 별로 두렵지 않았다.

아니, 그럴수록 김종은은 핵무기만이 자신의 생명과 공화국을 지켜 줄 수 있는 유일한 길임을 깨달아 더욱 매달렸다.

그래서 보다 효과적인 위협 수단으로 이번에는 탄도미사일을 개발하는데 열을 올린 것이었다.

핵무기를 보유함으로써 자신을 함부로 도발하지 못하게 하였고, 또 남한과의 협상뿐만 아니라 그 뒤에 있는 미국을 협상장에 끌어들이기 위해 ICBM은 물론이고 SLBM까지 개발에 들어갔다.

ICBM의 경우 옛 소련으로부터 들여온 스커드 미사일이 있었기에 그것을 바탕으로 연구를 하여 노동 미사일, 북극성 미사일 등 다양한 ICBM을 개발하는 것으로 미국을 위협했다.

뿐만 아니라 더욱 기술을 발전시켜 SLBM까지 개발하기에 이르렀다.

하지만 자신들만 군사기술을 연구 개발한 것은 아니

었다.

남한도 피나는 노력을 기울여 여러 가지 군사기술을 개발하였다.

그중에는 핵무기에 버금가는 미사일도 있었고, 신의 방패라 불리는 이지스 군함도 있었다.

그렇지만 그런 것은 전혀 두렵지 않았다.

그도 그럴 것이, 자신에게는 한 방이면 전황을 반전시킬 게임 체인저가 있었기 때문이다.

그런데 그런 게임 체인저가 무용지물이 되게 생겼다.

남한이 개발한 스카이넷 시스템 때문이었다.

물론 남측이 주장하는 바를 완전히 믿는 것은 아니었다.

탄도미사일 요격 체계는 미국도 개발에 실패한 엄청난 기술이었으니까.

그래서 반신반의하고 있던 중에 중국에서 자신에게 의뢰가 들어왔다.

남한의 기술이 의심스러우니, 한 번 찔러 보라는 내용이었다.

이에 자신은 돈과 최신 군사기술을 달라고 요구했다.

그때까지만 해도 김종은은 자신이 있었다.

남한은 자신들의 도발을 막아 내더라도 함부로 움직이지 않을 것이라고 말이다.

그런데 느닷없이 불안한 예감이 샘솟고 있었다.

지금까지 한 번도 이런 적이 없었기에 더욱 불안했다.

그래서 리병철을 불러 거듭 준비 상황을 물어보는 것이었다.

퍼엉!

"이게 뭐이네!"

요란한 소리와 함께 갑자기 태양궁 내 전기가 나가 정전이 되어 버렸다.

화들짝 놀란 김종은이 소리쳤다.

"아, 알아보갔습네다."

당황한 것은 리병철도 마찬가지였는데, 놀란 감정보다는 앞에 있는 김종은의 존재가 더 무서웠기에 그는 집무실 밖으로 뛰쳐나갔다.

아무리 전력이 부족하다 하더라도 다른 곳도 아니고 이곳 금수산 태양궁에는 24시간 전력 공급이 되었다.

그런데 이렇게 느닷없이 전기 공급이 중단되어 정전이 된다는 것은 정상적이지 않았다.

리병철이 뛰어나가고 10여 분이 지났을까.

누군가 김종은의 집무실 문을 벌컥 열고 안으로 들어왔다.

"오라바이! 오라바이!"

집무실로 들어온 사람은 김종은의 동생인 김연정이었다.

북한의 공식적인 권력 서열에는 100위권 밖으로 밀려나 있기는 하지만, 주석인 김종은의 동생이고 또 백두혈통이란 것 때문에 권력 순위와는 별개로 대우받는 그녀였다.

그런데 김연정은 평소와 다른 다급한 목소리로 오빠, 김종은을 찾아왔다.

"뭐이네?"

호위총국 사령관인 리병철이 아닌, 자신의 여동생이 찾아온 것에 김종은은 암전으로 보이지 않는 상태에서도 인상을 찡그리며 물었다.

"오라바이 이럴 때가 아닙네다!"

"뭐가 아니네?"

자신을 걱정하는 듯한 동생의 목소리에 김종은은 다시 한번 물었다.

그런 김종은의 물음에 김연정은 다급히 현재 상황을 그에게 이야기해 주었다.

"지금 정전이 된 거이 아무래도 남조선에서 공격한 것 때문인 것 같습네다."

"뭐이 어드레? 이게 남조선의 공격이란 말임매?"

김종은은 동생 김연정의 충격적인 보고에 깜짝 놀라

며 소리쳤다.

"그렇습네다. 그냥 보통의 전력 공급 불량으로 정전이 된 거이라면 지하에 있는 비상 전동기로 다시 불이 들어와야 할 긴데, 아니 그렇지 않습네까?"

김연정은 냉철하게 현 정전 상태가 정상이 아님을 김종은에게 알려 주었다.

그런 김연정의 이야기에 김종은은 점점 이상한 생각이 들었다.

조금 전부터 불안하던 예감이 점점 들어맞는 듯했기 때문이다.

하지만 그는 일반인이 아닌, 공화국의 영도자였다.

이러한 때 지도자로서의 역량을 보여 줘야만 했다.

"기럼 일단 공화국에 비상을 걸고 전시체제로 들어가라우!"

"알갔습네다. 하지만⋯⋯."

"하지만 뭐이네? 무신 더 할 말이라도 남아 있네?"

김연정의 미적지근한 태도에 김종은은 표정을 굳히며 물었다.

그런 오빠 김종은의 다그침에 김연정은 어쩔 수 없이 자신의 생각을 이야기하였다.

"우리가 준비하던 것을 어떻게 알았는지 알 수는 없지만, 이런 일을 벌인 것을 보면 아무래도 남조선에서 작정을 한 듯 보입네다."

"……?"

김종은은 동생 김연정의 말에 눈을 부릅떴다.

그러거나 말거나 김연정은 자신이 생각한 것을 가감 없이 얘기했다.

"휴전선 인근 부대가 아닌, 평양을 공격한 것은 절대로 단순하게 생각할 수 없습네다. 그러니……."

"그러니?"

"중국에 도움을 요청하고 우린 신의주나 양강도로 피신을 하는 것이 어떻갔습네까?"

김연정은 한국이 자신들의 도발을 막아 내는 것을 넘어 평양을 공격할 것을 두려워하며 피난을 갈 것을 제안했다.

'음, 연정이 말칸대로 일이네 심상치 않아.'

솔직히 동생 김연정의 이야기를 듣고 순간적으로 그녀의 말대로 피난을 가고 싶어졌다.

하지만 그럴 수가 없었다.

그도 그럴 것이, 갈수록 자신의 지도력에 의심을 하는 군 지휘관들이 늘어나고 있는 중이었으니까.

더군다나 얼마 전에는 실패하기는 했지만, 두 번째 반란 모의가 있지 않았는가.

그것도 자신이 집권하면서 두 번이나.

이러한 때에 평양을 버리고 자신만 피난을 가게 된다면 심각한 문제가 발생할 수 있었다.

더욱이 누굴 데리고 피난을 간단 말인가.

반란 사건 때 호위총국의 군관도 있었는데 말이다.

그렇게 김종은이 고민을 빠져 있을 때, 김연정은 답답함을 느끼고 있었다.

한시라도 빨리 이곳을 벗어나지는 못할망정 속으로 우왕좌왕하는 모습을 보니 왜 반란이 일어났는지 알 것만 같았다.

그러나 김연정은 김종은을 버리고 갈 수가 없었다.

그녀가 백두혈통이라고는 하지만, 현재 그녀가 누리고 있는 권력이 누구에게서 비롯된 것인지 똑똑한 김연정은 잘 알고 있었기 때문이다.

그런 자신의 권력의 원천인 김종은이 미적지근하게 있는 모습에 다급해진 김연정이 목소리를 높이며 말했다.

"오라바이! 종호와 연주 생각도 하시라요!"

안 되겠다 판단한 김연정은 급기야 조카들의 이름까지 언급했다.

김종은에게는 김종호 그리고 김연주라는 1남 1녀의 자식들이 있었다.

아직 미성년자인 자식들의 이름을 언급하자, 그제야

김종은의 표정이 바뀌었다.

"흠, 내래 공화국의 장군으로서 이 자리를 지키갔서. 그러니 넌 종호와 연주 그리고 설주를 데리고 양강도 17호로 대피해 있으라우."

아내와 자식들의 안위가 걱정이 된 김종은은 동생 김연정에게 이들의 안위를 맡겼다.

또한 백두산 밑 양강도의 비밀 은신처인 17호 안가에 가 있으라 지시하였다.

양강도 17호 안가는 김종은의 친위 군단인 천리마 군단이 주둔하고 있는 곳이니, 충분히 자신의 가족들을 지켜 줄 수 있을 것이라 판단한 것이었다.

"오라바이는 아니 가십네까?"

자신에게 조카들과 새언니를 맡기는 오빠의 말에 김연정은 불안한 표정으로 물었다.

"하하, 지금 내레 걱정을 하는 것임매?"

자신을 걱정하는 동생의 말에 김종은은 뭐가 그리 기분이 좋은지 급박한 상황 속에서도 하하 웃으며 물었다.

"그럼 걱정하지, 아니 합네까?"

권력에 대한 탐이 많은 김연정이었지만, 그녀는 자신의 한계를 누구보다 잘 알고 있었다.

여자였기에 권력 암투에서 살아남아 지금의 위치에

오를 수 있었지만, 또 그것이 자신의 한계임을 누구보다 잘 알았다.

왜냐하면 그녀는 두 눈으로 똑똑히 보고 자랐기 때문이다.

김연정에게는 김종은 말고도 위로 오빠가 두 명 더 있었다.

한 명은 어머니가 다른 배다른 오빠였지만 말이다.

하지만 그 배다른 큰오빠는 지금 앞에 서 있는 김종은에 의해 숙청이 되었고, 동복 오빠인 둘째 오빠는 충성 서약을 하기는 했지만 어느 순간 행방이 묘연해졌다.

아마도 오빠의 수하들에 의해 제거가 되었을 것이 분명했다.

그에 반해 여자인 자신은 최고위까지는 아니지만, 어느 정도 권력의 맛을 보며 살고 있었다.

그리고 그게 무엇 때문인지, 또 그 권력이 어디서 나오는지 잘 알고 있었기에 분수에 맞게 살아갔다.

물론 한때, 권력에 취해 안하무인으로 행동을 하다 오빠에 의해 모든 권력을 빼앗기기도 했지만, 위에 두 오빠들과 다르게 숙청이 되진 않았다.

그러니 김연정은 앞으로도 이런 위치에서 계속해서 권력을 누리며 살아가고 싶었다.

그리고 그러기 위해선 오빠가 절대적으로 필요했다.

하지만 지금 상황을 보니 오빠는 이곳에서 움직이지 않을 것처럼 보였다.

'차라리 그럼 종호를……'

순간적으로 김연정의 머릿속에 오빠 김종은의 장남인 종호의 얼굴이 스쳐 지나갔다.

그러면서 고대 왕조 시절 왕이 나이가 어려 정사를 제대로 관여하지 못할 때, 뒤에서 대신 수렴청정을 한 대비들의 얼굴이 떠올랐다.

그 생각이 떠오르자 김연정의 표정이 바뀌었다.

"알갔시오. 언니랑 조카들은 내레 보호하고 있을 테니, 오라바이도 상황 보다 안 되갔으면 양강도로 오시라요."

김연정은 속으로 엉뚱한 생각을 하고 있으면서도 끝가지 오빠 김종은에게 충성을 다하는 모습을 보여 주었다.

그래야 나중에 상황이 바뀌더라도 자신을 내치지 않을 테니까.

"기래, 잘 생각했습매. 기럼 너만 믿가서."

"나만 믿으라요."

"가 보라!"

"알갔시오."

그렇게 김종은과 김연정은 동상이몽을 하며 헤어졌다.

김연정이 떠난 지 5분도 되지 않아 상황을 알아보기 위해 나간 리병철이 돌아와 보고를 하였다.

"헥, 헥, 지도자 동지, 일단 지하 상황실로 대피를 하셔야 할 것 같습네다."

리병철은 얼마나 급했는지 앞뒤 설명 없이 일단 대피를 해야 한다고만 말했다.

보고를 받은 김종은은 미간을 찌푸리며 물었다.

"뭐가 어드렇게 되고 있는 것이네? 날레 보고하라!"

동생의 앞에선 의연한 듯 행동은 했지만, 솔직히 김종은도 현재 벌어지고 있는 일이 두려웠다.

그래서 입에선 보고를 하라고 했지만, 몸은 한시라도 이 자리에서 벗어나고 싶은 것처럼 집무실 밖으로 향하는 문을 향해 걸어가고 있었다.

그런 김종은의 행동에 리병철도 얼른 그 뒤를 따랐다.

그렇게 나간 태양궁 김종은의 집무실 밖 복도에는 손전등을 들고 있는 병사들이 도열하고 있었다.

어둠에 적응이 된 것인지 아니면 긴장을 해서 그런 것인지, 지금까지 김종은은 자신이 정전이 된 공간에 있었다는 것을 잊고 있었다.

"시간이 얼마가 지났는데, 아직도 복구가 안 된 것이야!"

"그, 그게……."

이렇게 장시간 정전이 되었는데, 복구를 하지 못했다는 것은 지금 상황이 얼마나 위급한 상황인지 단적으로 보여 주는 예였다.

'일이 생각보다 심각하구만. 이거이 괜히 중국 아새끼들의 말을 들어주기로 한 거이 아닌가 모르갔어.'

자신이 제안을 수락하긴 했지만, 마냥 두려워지는 김종은이었다.

*　　　　*　　　　*

우주군 공중 순양함 봉황 1호에서 공수 낙하를 하던 김주성 대령과 777부대원들은 구름 아래로 펼쳐진 평양 시의 모습이 눈에 들어왔다.

위잉!

목표로 하던 장소가 눈에 보이자, 김주성은 헬멧에 부착된 카메라의 줌을 당겨 평양 시의 상황을 살폈다.

그런데 평양에 무슨 일이 벌어졌는지 북한의 지도자인 김종은이 기거를 하고 있는 금수산 태양궁 주변에는 호위총국의 병력이 즐비하였고, 무언가 어수선하게 움직이고 있었다.

세계 어느 부대보다 더 군기가 들고 정예화된 부대라 들었는데, 지금 보이는 호위총국의 경호 부대의 모습은 오합지졸이나 다름없었다.

'무슨 일이 벌어진 거지?'

봉황 1호에서 대기를 하고 있다가 명령이 떨어지고 바로 작전에 돌입한 그로서는 현재 평양 시에서 벌어지고 있는 일을 이해할 수 없었다.

그는 모르겠지만 EMP탄이 무려 여섯 발이나 평양 상공에서 터졌다.

아직 해가 떨어지지 않아 평양 시는 겉으론 평범한 모습을 보이고 있지만, 전기가 모두 나가 저녁이 돼도 그 어떤 빛도 들어오지 않을 것이었다.

물론 전기를 사용하는 모든 전자 기기들도 사용할 수 없는 건 마찬가지였다.

그 말인즉슨, 일반 가정집에서 사용하는 라디오나 텔레비전은 물론이고 전등이나 아파트에 수돗물을 공급하는 배수펌프의 작동도 멈췄다는 이야기였다.

거기에 더해 평양 시를 방어하는 평양방어사령부의 대공 레이더나 각종 군용 트럭이나 전차 등 많은 군수 장비들도 작동 불능 상태에 빠졌다.

그래서 최정예라 불리우는 호위총국의 인민군들이 오

합지졸과 같은 모습을 하고 있는 것이었다.

'시각 정보만으로는 무슨 상황인지 알 수 없으니, 무슨 말을 하고 있는지 알아봐야겠군.'

— 모두 지하 방카로 이동하라우!

— 땅크는 어떠케 합네까?

— 간나 새끼, 움직이지도 않는 고철덩이는 워하러 말하네?

— 기냥 물어본 것이라요.

— 종간나, 떠들 시간에 얼른 뛰라우!

— 알갔시오.

외부 감청 장치를 이용해 북한 호위총국 군인들의 대화를 듣게 된 김주성은 저도 모르게 입가에 미소를 지었다.

'EMP탄이 떨어졌구나.'

북한군의 대화로 김주성은 현 상황을 인지하였다.

'임무를 훨씬 쉽게 완수할 수 있겠어.'

자신과 부하들이 맡은 임무는 북한의 지도자인 김종은의 신변 확보였다.

다른 백두혈통은 놓아주고 김종은만 잡으라는 명령이었다.

이때 777부대의 평양 진입을 원활하게 하기 위해 투입 전, 특수탄을 사용해 평양의 방공망을 무력화시킨다고 했다.

김주성이 알기론 그러한 목적에 부합하는 특수탄은 EMP탄밖에 없었다.

비슷한 유형의 무기인 정전탄도 있기는 하지만, 그것은 적의 전력망을 무력화시키는 것이지 지금처럼 모든 장비들을 무력화시키지는 못하는 무기였기 때문이다.

그러니 전차와 장갑차 그리고 방공 레이더를 동시에 무력화시킬 수 있는 무기는 EMP탄뿐이란 판단이 섰다.

"여기는 부대장이다. 지금부터……."

상황 파악을 완료한 김주성은 자신과 함께 공수 낙하하고 있는 777부대원들에게 작전 명령을 내리기 시작했다.

가장 우선적으로 현재 자신들의 목표인 평양 시의 상황을 알리고, 그에 따라 어떻게 행동을 할 것인지 일일이 지시를 하였다.

"적들은 우리의 EMP탄의 영향으로 모든 장비가 불능 상태가 되었다."

전차를 비롯한 군용 중장비들이 먹통이 되었음을 부하들에게 전달한 김주성은 계속해서 작전 지시를 내렸다.

그렇게 부대장인 주성의 지시를 받은 777부대원들은 평양 상공에서 각 중대 팀끼리 이합집산을 하였다.

봉황 1호의 격납고에 모여 함께 공수를 하기는 했지만, 맡은 임무지가 다르기에 팀별로 이합집산을 하는 것이었다.

물론 북한군은 이런 777부대의 행동들을 봉황 1호가 발사한 EMP탄으로 인해 어느 누구도 인지하지 못하고 있는 상황이었다.

분명 제트 팩의 엔진 소음으로 인해 보통 때라면 레이더가 아니더라도 충분히 들렸을 상황이지만, 급작스러운 상황을 겪다 보니 이를 인지하지 못하는 것이었다.

척! 척! 척!

공중에서 낙하를 하면서 자신의 임무에 맞는 장소를 찾은 777부대원들은 지상에 내려서자 신속하게 움직였다.

― 성후는 저격 위치 잡고, 지성이와 성룡이는 입구 확보해.

― 저격 위치 카피.

― 입구 확보 카피.

― 입구 확보 카피.

평양 시로 진입한 777부대원들은 각 팀별로 자신에게 주어진 임무에 맞게 움직였다.

탕탕탕!

저 멀리 벌써부터 작전에 들어간 팀이 있는지 총소리가 들리기 시작했다.

그리고 한 번 총소리가 울리자, 그 주변에서 점점 총소리가 번졌다.

이에 아직 자리를 잡지 못한 팀의 팀장들은 부대원들을 다그치며 뛰기 시작했다.

— 다른 팀은 벌써 작전에 돌입했다. 어서 뛰어!

— OK!

팡!

저격 임무를 맡은 이성후는 제트 팩을 점화해 그 추진력으로 높은 건물 옥상으로 올라가 저격 위치를 잡았다.

그리고 금수산 태양궁의 진입로 확보 명령을 받은 방지성과 이성룡은 제트 팩의 추진력으로 빠르게 날아가며 건물 모퉁이를 지났다.

그곳에는 EMP공격으로 고철이 된 전차와 장갑차들

이 있었다.

둘은 그것들을 장애물 삼고 주변을 경계하고 있는 북한군을 향해 공격을 시작했다.

탕! 탕!

그런데 지성과 성룡의 공격은 좀 이상했다.

전시 상황이나 마찬가지임에도 불구하고 이들은 들고 있는 개인화기를 단발로만 사격을 하고 있었기 때문이다.

그에 반해 느닷없이 공격을 받은 북한군 호위총국 인민군은 누가 어디서 공격을 하고 있는지 알지도 못한 채 아무 곳에나 총을 연사하고 있었다.

총을 연사로 쏘다 보니 북한군의 탄창은 빠르게 비어 갔다.

그렇게 방지성과 이성룡의 총이 한 발 한 발 발사를 할 때마다, 전차와 장갑차 뒤에 숨어 있던 인민군이 하나둘 쓰러지기 시작했다.

팡!

그런데 그때, 방지성과 이성룡이 쏘는 소총의 발사 소리와는 전혀 다른 묵직한 총성이 전장에 가득 울려 퍼졌다.

그리고 그 소리가 들림과 동시에 방지성과 이성룡을 향해 발사하던 북한군의 장갑차 위에 있던 기관총이 발사를 멈췄다.

이는 아파트 옥상에 자리를 잡은 이성후가 기관총을 난사하고 있는 북한군의 모습을 확인하고 이를 저격한 것이었다.

— 성후, 땡큐!

저격을 완료한 이성후의 귀에 이성룡이 날린 고맙다는 무전이 들려왔다.

하지만 이에 대해 이성후는 아무런 대답도 않고 또 다른 타깃을 찾아 총을 발사할 뿐이었다.

평양 시 곳곳에서 이와 비슷한 전투가 벌어지고 있었다.

그런데 전투의 양상은 너무도 일방적으로 흘러갔다.

그도 그럴 것이, 세계 많은 특수부대들이 인정을 하는 대한민국의 특수전 부대원들이었다.

그런 특수전의 전문가들을 이제는 파워슈트라는 오버 테크놀로지와 HMD(헤드 마운트 디스플레이)를 탑재한 방탄 헬멧이 주어졌으니, 어떤 결과가 나올지는 빤했다.

더욱이 HMD에는 단순하게 현장 상황을 보여 주는 것이 아닌, 타게팅 포드가 내장되어 있어 화기와 연동이 되어 있었기에 사실상 총구나 들어 방향을 잡으며 바로 정조준이 되었다.

그러다 보니 사격 시 굳이 총의 조종간을 연사나 점사로 놓고 사용할 이유가 없었다.

단발로도 충분히 타깃을 명중시킬 수 있는데, 연사로 총알을 낭비할 이유가 없었기 때문이다.

그렇게 그들은 마치 영화 속 히어로처럼 행동할 수 있게 되었다.

자신이 가진 신체 능력의 몇 배나 올려 주고, 또 타깃이 어느 곳에 있는지 알려 주는 시스템과 적의 공격을 막아 주는 방탄 기능까지 있는 슈트를 착용하고 있으니, 이는 어쩌면 당연한 결과라 할 수 있었다.

탕! 탕! 탕!

김주성과 그의 직속 팀원들은 다른 팀들이 금수산 태양궁과 그 일대를 정리하고 있을 때, 신속하게 그들이 확보한 진입로를 이용해 금수산 태양궁 내부로 진입하였다.

EMP탄의 영향으로 금수산 태양궁 복도는 빛이 하나 없는 암흑천지였다.

아직 해가 떨어지지 않아 밖은 아직도 밝았지만, 태양궁 내부의 각 창문마다 차단 막이 생겨 빛을 가리고 있었다.

울트라 코리아

다다다다!

제트 팩과 예비 탄 등 무거운 장비를 착용하고 있었지만, 파워슈트로 인해 몇 배의 힘을 낼 수 있는 이들의 발걸음은 한없이 가볍기만 했다.

"뭐이네?"

막 모퉁이를 돌고 있던 와중, 김주성과 777부대원의 앞에 복도를 지키고 있던 호위총국 인민군이 소리를 질렀다.

퍽!

하지만 인민군은 소리친 게 무색하게도 그를 지나치면서 휘두른 김주성의 넥 슬라이스 한 방에 기절하고 말았다.

너무도 가까운 거리였기에 총을 발사하기 보단 그냥 손을 사용한 것이었다.

"김종은은?"

복도를 지키던 인민군 한 명을 가볍게 제압한 김주성은 쓰러진 인민군과 함께 있던 또 다른 인민군을 돌아보며 물었다.

그런 김주성의 질문에 혼자 남은 인민군은 겁을 집어먹고 그 자리에 굳어 버렸다.

그도 그럴 것이, 지금 자신을 윽박지르고 있는 주성의 모습은 그가 태어나 한 번도 본 적이 없는 모습이었기 때문이다.

시커먼 갑옷을 입고, 키가 2미터는 넘어 보이는 거인이 자신을 내려다보며 질문을 하는데, 누가 두렵지 않겠는가.

그래서 김주성의 질문은 그의 귀에 들어오지 않았다.

더욱이 주변은 빛 한 점 없는 어두운 복도이고, 자신과 함께 경계를 서고 있던 상급자는 막 나타난 거인이 휘두른 팔에 휩쓸려 기절한 상태.

이런 상태에서 정상적인 사고를 할 수 있는 사람은 없었다.

아무리 인민군 최정예 중 하나라는 호위총국 군인이라고는 하지만, 오히려 안락한 평양 시 내에서만 근무를 하다 보니 악이나 깡이 다른 부대에 비해 부족할 수밖에 없었다.

결국 김주성 대령의 질문을 받은 그는 기절하고 말았다.

철푸덕.

"이거 뭐야?"

"그러게 말입니다."

자신의 질문에 대답도 하지 않고 기절을 해 축 늘어진 인민군의 모습을 보며 김주성 대령은 허탈한 감정을 느꼈다.

"일단 더 들어가 보죠?"

"그래야겠군."

부관의 말에 주성은 고개를 위아래로 끄덕이며 수긍을 하였다.

생각보다 이곳 금수산 태양궁의 내부는 꽤 넓은 편이었다.

하지만 이들은 길을 헤매거나 왔던 길을 되돌아가진 않았다.

어두운 태양궁 내부에서 이들이 이렇게 당당히 걸을 수 있는 이유는 파워슈트와 세트로 있는 헬멧에 내장된 인공지능 때문이었다.

인공지능은 태양궁 내부를 스캔을 한 뒤, 3차원 입체 그래픽으로 자신들이 가야 할 방향을 알려 주고 있었다.

[오른쪽으로 꺾어 20m 정도 직진을 하면 지하로 연결된 비밀 통로를 가리는 문이 나올 것입니다.]

"땡큐! 미나."

주성은 자신의 장비에 내장된 인공지능에 붙인 미나란 이름을 언급하며 감사 인사를 하였다.

[아닙니다. 당연히 제가 해야 할 일입니다.]

주성의 감사인사를 받은 미나는 인간처럼 대답을 하였다.

"좋아, 그럼 우리 타깃이 어디 있는지 찾아볼까?"

주성은 타깃인 김종은의 행방을 찾기 위해 인공지능인 미나에게 말했다.

[알겠습니다. 탐색 모드에 들어갑니다. 잠시만 기다려 주십시오.]

미나는 주인인 주성의 명령에 잠시 기다려 달라는 말과 함께 헬멧에 장착된 센서를 이용해 주변을 탐색하기 시작했다.

센서는 주변 복도들을 빠르게 훑고 지나갔다.

그때, 온도 감응 센서에서 복도에 생긴 흔적을 찾아냈다.

많은 사람이 이동을 한 것인지 공기 중 열선이 포착이 된 것이었다.

그리고 복도의 한 방향으로 특성 화학 성분이 검출이 되었는데, 그것은 대사 증후군을 앓고 있는 사람의 몸에서 흘러나오는 특유의 화학물질이었다.

북한의 김종은은 고도 비만과 함께 여러 가지 합병증을 가지고 있었다.

그중 알려진 것 중에 하나가 바로 대사 증후군이었다.

[북한의 주석인 김종은으로 추정되는 사람이 다수의 사람들과 함께 이곳을 지나간 걸로 확인이 됩니다.]

미나는 탐색 결과를 주인인 주성에게 알렸다.

자신의 타깃인 김종은의 행방을 알게 된 주성은 미나의 보고에 자리에서 일어나 팀원들에게 알리고는 다시 추적하기 시작했다.

5. 특별한 임무

특수부대가 평양 시에 들어가기 전.

북한군의 동향이 분주해지자 대한민국 청와대는 곧바로 NSC를 소집했다.

그들은 사전에 중국의 외교부장이 비밀리에 북한에 들어간 것을 알고 있었고, 또 그들이 어떤 대화를 나눴는지도 이미 알고 있는 상태였다.

더 이상 동포라고 해서 이대로 참고 넘어갈 이유는 존재하지 않았다.

더욱이 북한이 움직이면 대한민국 국군도 대응을 하기 위한 만반의 준비를 갖추고 있는 상황이었다.

중국과 북한은 알지 못하지만, 이번 그들의 도발은 결코 여느 때와 다른 결과를 가져올 게 분명했다.

그리고 이번 일과 연관이 있는 나라들은 깨닫게 될 것이었다.

더 이상 대한민국은 때리면 맞고만 있는 그런 호구가 아니란 것을 말이다.

"어떻게 되고 있습니까?"

정동영 대통령은 최대환 국방 장관을 보며 물었다.

"현재 시간이… 17시 30분이니, 특전사들이 작전에 들어갈 준비를 하고 있을 시각입니다."

시계를 보며 시간을 확인한 최대환 국방 장관은 약속된 작전 개요를 정동영 대통령에게 보고를 하였다.

"흠, 아무런 피해 없이 성공을 해야 할 텐데……."

최대환 국방 장관으로부터 작전의 전개에 대한 보고를 들은 정동영 대통령이 자신도 모르게 중얼거렸다.

그 말은 사실 이 자리에 있는 NSC 위원 모두 같은 마음이었다.

중국의 사주를 받은 북한이 무력 도발을 해 왔을 시 어떻게 할 것인지, 이미 군에서 작전이 세워져 있었다.

모든 작전이 순조롭게만 이루어진다면 아무런 걱정이 없겠지만, 가장 우려되는 것이 바로 북한의 미사일 기지였다.

그중에서도 문제가 되는 것은 북한의 강원도 안변군 깃대령에 위치한 851부대와 황해북도 상원동과 황주에 있는 미사일 기지였다.

강원도 안변군에 있는 깃대령 미사일 기지의 경우 ICBM에 속하는 은하와 북극성 미사일을 보유하고 있으며, 황해북도의 상원동과 황주 미사일 기지의 경우 수도 서울과 170㎞ 밖에 떨어지지 않아 최소 3분에서 최대 7분이면 닿는 거리라 다른 지역의 미사일 기지보다 중요한 곳이었다.

더욱이 문제는 그중 몇 개의 핵폭탄이 그곳에 있냐는 것이었다.

국정원에서 아무리 휴민트를 이용해 백방으로 알아보려 노력했지만, 그것만은 도저히 알아내지 못해 걱정이 되었다.

"대통령님, 너무 걱정하지 않으셔도 될 겁니다."

"어떻게 걱정을 하지 않겠습니까?"

정동영 대통령은 걱정하지 말라는 이신형 국무총리의 말에 자신의 심정을 그대로 이야기 하였다.

"무엇 때문에 그러는 것인지 잘 알지만, 장군회에서 나섰다고 합니다."

"장군회요?"

"예, 대통령님도 잘 아실 겁니다. 장군회 밑에 아레스라는 PMC가 있다는 것을 말입니다."

이신형 국무총리는 퇴역 장성들의 모임인 장군회를 언급했다.

그와 함께 불미스러운 일로 전역 신청을 한 특수부대원들을 한데 모아 아레스라는 PMC를 설립한 것을 말이다.

"아레스요? 물론 잘 알고 있죠."

정동영 대통령은 이신형 국무총리가 느닷없이 언급한 장군회와 아레스를 들으며 고개를 갸웃거렸다.

그도 그럴 것이, 지금 나라의 안위가 풍전등화에 있는 상황에서 사조직이라 할 수 있는 장군회와 아레스를 언급하는 이유를 알 수 없었기 때문이다.

하지만 이를 옆에서 듣고 있던 최대환 국방 장관은 고개를 끄덕이며 대화에 끼어들었다.

"아레스에서도 이번 작전에 도움을 주기로 하였습니다."

"도움이요?"

"예. 사실 장군회에서 아레스를 설립한 이유가 한반도 통일과 고토 회복이기 때문입니다."

군 출신인 최대환 국방 장관이다 보니, 아레스 설립에 대한 취지를 이 자리에 있는 누구보다 잘 알고 있었다.

비록 아레스의 소속원들이 처음 전역 신청을 한 것이 작전 중 부상을 당한 특수부대원(수호)에 대한 처우의 불만 때문이었지만, 또 한편으로는 국가에 소속됨으로써 행동에 제약이 많다는 점도 한몫했다.

특수부대의 경우 정규군과 행하는 작전 자체가 다르기에 경우에 따라 불법적인 일도 해야만 하는데, 이때 자칫 작전을 성공하더라도 국제적 비난을 받을 수도 있었다.

국익을 위해서라지만, 그런 경우 괜히 UN의 제재 대상이 되기도 했으니까.

만약 대한민국이 미국과 같이 UN의 눈치를 보지 않아도 될 정도로 국력이 막강했다면 상관이 없지만, 대한민국은 아직 그 정도의 국력을 가지고 있지 못했다.

그렇게 궁리 끝에 누구의 눈치도 보지 않고 국가에 필요한 작전을 수행할 수 있는 조직이 필요했고, 아프가니스탄에 파견된 심보성의 부대에 마침 문제가 발생하자, 이를 빌미로 90%의 부대원들이 전역 신청을 하였다.

이는 사전에 준비된 계획의 일환이었고, 장군회는 심보성 대령 이하 특수부대원들을 하나로 모아 아레스라는 이름의 PMC를 조직했다.

그렇지만 문제가 하나 있었다.

PMC를 만든 것은 좋았으나, 국가의 지원을 받지 못해 훈련 장소나 장비를 구입하는 것에 많은 애로 사항이 발생했다.

다행히 장군회에는 예전 국가 무기 도입 사업에서 빼돌린 예산이 있어 겨우 유지가 되었다.

겉으로는 몇몇 장성들이 로비를 받고 불량 무기를 도입한 것처럼 꾸미긴 했지만, 모든 무기 도입 사업이 그러한 것은 아니었다.

몇몇 사업은 정말로 세상에 알려진 것처럼 개인적 욕심에 의한 비리가 맞았지만, 대부분의 사업에서 알려진 것과 다르게 대통령의 허가를 받고 미국이나 다른 나라가 모르게 신무기를 연구하기 위한 예산 확보 작전이었다.

그중 일부를 아레스 설립에 사용한 것이었고.

그렇게 진행되던 것들이 수호가 회사를 설립하고 행보를 같이하게 되면서, 외부 청부를 해결하고 아레스 자체적으로 운용 자금을 획득하기에 이르렀다.

그렇다고 아레스가 이윤 활동만 한 것은 아니었다.

아레스는 계속해서 실전을 겪으면서 현장 감각을 잃지 않게 전력을 유지하였고 실력을 향상시켜 왔다.

"그렇다는 말은 이번 작전에 PMC인 아레스도 동원이 되었다는 말입니까?"

의뢰도 받지 않은 PMC가 움직였다는 말에 정동영 대통령이 의아한 생각이 들어 물어보았다.

"예, 그렇습니다. 현재 파워슈트의 보급이 완료된 부대에 비해 제압해야 할 북한의 미사일부대가 너무도 많아 어쩔 수가 없었습니다."

북한의 미사일 부대의 숫자 때문에 어쩔 수 없이 PMC인 아레스의 지원을 받았다는 말에 정동영 대통령은 고개를 끄덕이며 수긍했다.

"다행입니다. 솔직히 스물다섯 개나 되는 북한의 탄도미사일 부대가 우려되었는데, 아레스에서 움직였다니, 다행이 아닐 수 없습니다."

PMC인 아레스에서 자신들을 도와주기로 했다는 것에 다행이라고 생각하던 순간, 최대환 국방 장관에게서 뜻밖의 말이 들려왔다.

"아레스뿐만 아니라 SH시큐리티에서도 도움을 주기로 했습니다."

정동영 대통령은 최대환 국방 장관의 말에 침묵으로 대답했다.

"대통령님도 경험해 보시지 않으셨습니까? 정 회장의 경호원들 말입니다."

최대환 국방 장관은 정동영 대통령을 보며 다른 부가적인 설명 없이 누군가를 언급했다.

"SH 그룹 정 회장의 경호원들……."

최대환 국방 장관의 언급에 정동영 대통령은 과거 자신에게 파워슈트의 존재를 알린 그들을 떠올렸다.

그러면서 고개를 위아래로 끄덕였다.

소속된 직원 모두가 일당백, 아니, 일기당천 만부부적의 존재들인 SH시큐리티의 경호원들을 떠올린 정동영 대통령은 만면에 미소를 지어 보였다.

처음 그들이 자신의 집무실에 침투를 했을 때만 해도 무척이나 당황했다.

청와대 인근 경찰 파견대와 군 경호 부대 등 수많은 존재들이 청와대를 감싸며 경계를 하고 있었으니까.

하지만 어느 누구도 그들이 청와대에 침투를 했다는 사실을 알지 못했다.

뿐만 아니라 정수호 회장에게서 들은 그들이 착용한 파워슈트라는 장비의 엄청난 기능에 놀랐다.

그래서 천문학적인 예산이 들어가는 파워슈트 보급에 특별예산 책정에 승인 도장을 찍은 것이었고.

아레스에 이어 SH에서 이번 일에 도움을 주기로 했다는 이야기를 들은 정동영 대통령은 조금 전까지만 해도 무언가 불안해하던 것에서 벗어나 편안한 모습이 되었다.

"아레스와 SH에서 도움을 주기로 했다니, 우린 결과

를 기다리기만 하면 되겠군요."

정동영 대통령은 그렇게 편안한 목소리로 NSC 위원들을 둘러보며 이야기하였다.

그런 대통령의 이야기에 조금 전까지 긴장하고 있던 NSC 위원들도 조금은 편안한 자세로 전방에 마련된 모니터를 쳐다보았다.

*　　　*　　　*

북한 함경북도 길주군 풍계리, 사람들에게는 북한의 핵 실험장으로 알려져 있는 장소였다.

2018년 제1차 남북정상회담을 앞두고 북한은 이곳 풍계리 핵 실험장을 폐쇄하겠다고 발표를 했다.

하지만 약속은 지켜지지 않았다.

남북관계가 소원해지자 북한은 2022년 3월 폐쇄한 실험장을 개방하고 또다시 핵실험을 감행했다.

이때의 위력은 6차 시험에서 발생한 5.7의 인공지진보다 더 강력한 6.5의 진도를 발생시켰다.

이 때문에 북한은 UN으로부터 이전보다 더욱 강력한 제재를 받게 되었으며, 중국 정부로부터도 항의 서한을 받기도 했다.

그런데 이곳 풍계리에는 사람들이 모르는 비밀이 하

나 더 있었다.

그것은 바로 이곳에 북한의 비밀 미사일 기지가 있다는 것이다.

북한은 겉으론 이곳 풍계리에 핵 실험장만 있는 것으로 발표를 하였지만, 그건 사실이 아니었다.

다른 미사일 기지들이 미국과 한국 정부에 모두 알려지자, 비밀리에 핵 실험장인 이곳에 탄도미사일 기지를 건설하였다.

모든 시설은 풍계리 지하에 건설을 하였고, 혹시나 부대 위치가 들키면 쉽게 무력화될 수도 있기에 고정식 발사대가 아닌, 이동식 발사 차량으로만 구성했다.

한마디로 유사시 다른 장소로 이동을 하여 핵미사일을 발사할 수 있게 조직한 부대라는 것이었다.

그러다 보니 이곳 미사일 기지를 알고 있는 사람도 주석인 김종은과 몇몇 군 장성들 밖에 없었다.

그런데 지금 이곳 풍계리에 침투하는 이들이 있었다.

이들은 북한의 핵 실험장인 풍계리 실험실과 경호 부대를 제압하기 위해 출발한 대한민국 특수부대와는 다른 루트를 통해 이곳에 들어왔다.

하지만 목표는 풍계리가 아닌, 함경남도 쪽으로 더 들어가는 창덕골이었다.

우거진 수풀 때문에 위성으로는 감시가 불가능한 지

역이었기에 미국도 모르는 북한의 특급 비밀 시설이 이곳에 존재했기 때문이다.

창덕골 깊숙이 자리한 북한의 비밀 미사일 기지의 입구가 내려다보이는 산기슭, SH시큐리티 사장인 국진은 바이져를 올리고 부하직원들을 응시했다.

"우리가 이곳에 온 이유는 지금부터 하려는 일이 너무도 중요해서 그렇다."

국진은 지금부터 하려는 일은 적당한 시기가 되기 전까진 외부에 알려져서는 안 되는 일이었다.

그 때문에 SH시큐리티는 지금 공식적으로 이곳 함경북도 길주군 풍계리가 아닌, 다른 지역에 파견이 된 것으로 알려져 있었다.

아니 실제로 SH시큐리티의 경호원들 중 일부는 현재 육군본부에서 작성된 작전 계획대로 북한의 동해 쪽에 위치한 잠수함 기지 중 두 곳인 차호와 마양도 기지로 향했다.

그 이유는 그곳에 북한의 신형 잠수함이 배치되어 있기 때문이었다.

이 신형 잠수함은 고래급으로 이전의 북한군 잠수함이 2,000t급이라 잠수함에서 발사할 수 있는 SLBM을 한 발밖에 탑재를 할 수 없었지만, 이 신형 고래급 잠수함은 SLBM을 무려 세 기나 탑재할 수 있는 크기였다.

그 때문에 육군본부에서는 이곳에 대테러 특수임부 대대인 707특임대를 파견하려 했지만, 707특임대의 임무는 대테러임무였기에 혹시나 있을 테러를 대비해야 한다는 판단에 작전에서 배제가 되었다.

그러다 보니 중요 목표인 북한의 잠수함 기지에 대한 작전에 구멍이 뚫려 버렸다.

그래서 어쩔 수 없이 최대한 국방 장관이 직접 SH 그룹의 회장인 수호에게 연락을 하여 도움을 청했다.

그렇지 않아도 어떻게 하면 이번 작전에 다리를 걸칠까 궁리를 하고 있던 수호로서는, 정부가 먼저 제안을 해 오니 이보다 좋을 수가 없었다.

그렇게 SH시큐리티의 경호원들을 작전에 투입을 하면서 시큐리티의 사장인 김국진에게 직속 부하들과 함께 이곳 창덕골에 있는 김정은의 비밀 기지를 장악하란 지시를 내렸다.

그러면서 국진에게 이곳이 얼마나 중요한 곳인지, 그리고 앞으로 국제사회에 대한민국의 위상을 어떻게 자리 잡게 해 줄 것인지도 알려 주었다.

솔직히 수호에게는 현대 인류 최강의 무기인 핵폭탄은 큰 메리트가 없었다.

하지만 수호가 아닌, 다른 사람들에게는 그렇지 않았다.

이미 3,00kW급 고출력 레이저 무기를 완성하였고, 공중 순양함의 배치도 완료되었다.

수호가 마음만 먹는다면 공중 순양함이 아니라 전투기 혹은 폭격기나 수송기 등에도 탑재가 가능했다.

그러니 굳이 제약이 많은 핵무기에 집착을 할 필요가 없었다.

그리고 핵무기 급의 파괴력이 높은 무기가 필요하다면 그에 버금가는 무기를 충분히 만들어 낼 수도 있었다.

그럼에도 굳이 어렵게 북한이 개발한 핵폭탄을 획득하려는 것은 다름 아닌, 핵폭탄이 가지는 공포를 확보하기 위해서였다.

수호는 이러한 이유를 국진에게 설명을 한 뒤 명령을 내렸다.

미국도 아직 파악하지 못한 북한의 비밀 핵미사일 기지에서 북한군이 숨겨 놓은 핵폭탄을 확보하라는 명령을.

그리고 이를 들은 국진은 수호의 계획에 수긍을 하곤 입이 무거운 직속 부하들만 데리고 이곳 함경북도 길주군 풍계리 창덕골로 온 것이었다.

"기지를 확보한다. 하지만 이는 정부도 몰라야 하는 일이다."

"알겠습니다."

"네, 알겠습니다."

직속 부하들에게 설명을 하자 이들도 무언가를 느낀 것인지, 굳은 표정으로 알겠다는 대답을 하였다.

"저곳을 점령하고, 잃어버린 고토를 회복한다면 우리나라는 진정한 자주독립국이 될 것이다."

전직 국정원 출신인 김국진과 그의 직속 부하들은 비록 국내 파트를 담당하던 이들이었지만, 이들의 마음속에는 외국에 의해 국가 정책이 이리저리 표류하는 것에 울분을 느낄 때가 한두 번이 아니었다.

그래서 과거 상관인 문성국이 제안을 했을 때 순순히 그의 손을 잡고 타락의 길로 들어선 것이었고.

다만, 이들이 문성국과 손을 잡은 것은 자신들의 이득을 챙기기 위한 것보단 그가 속한 대동회란 조직의 영향력이 막강했기 때문이다.

그들의 힘이라면 조국의 자주독립이 쉬워질 것 같았기에 손을 잡은 것이었다.

하지만 대동회란 조직이 조국에 미치는 영향력은 막강했지만, 결과적으로 그 선택은 잘못된 것임을 뒤늦게 깨달았다.

밖에서 본 것과 대동회 안에서 본 실상이 너무도 달랐기 때문이다.

겉으로 보이는 대동회는 무척이나 거대한 조직이었다.

그렇지만 내부를 들여다보면 그 안에 너무도 많은 파벌이 있어 제 이득을 챙기기 바빠 국가의 운명은 뒷전이었다.

이런 모습에 실망을 했지만, 이미 돌이킬 수 없는 강을 건넌 뒤였다.

뒤늦은 후회가 밀려왔지만 어쩔 수 없이 앞만 보고 달릴 수밖에 없었는데, 뜻밖의 행운으로 수호를 만나면서 다시금 궤도가 제자리로 돌아왔다.

국진과 그의 직속 부하들은 수호의 밑으로 들어온 뒤로 나날이 행복했다.

그도 그럴 것이, 자신들이 원하는 것을 어떻게 알고 있는지, 회장은 무엇이든 자신들의 상상보다 앞서 나갔다.

그리고 드디어 자신들의 최종 목표에 다가가는 작전에 자신들을 투입하였다.

공식적으로 대한민국은 핵무기를 보유하지 못한 나라였다.

이는 다른 나라의 압력 때문이 아닌, 국가의 수장인 대통령이 그렇게 세계에 알렸기 때문이다.

대통령이 그런 담화를 했기에 대한민국은 이를 지켜

야만 했다.

물론 대한민국이 미국과 같은 아니 못해도 러시아나 중국 정도의 힘이 있었다면 이를 번복할 수도 있었겠지만, 아직까지 대한민국은 그럴 정도의 힘은 없었다.

그렇지만 이제는 아니었다.

한반도가 통일이 되고, 또 오래 전 빼앗긴 고토를 수복을 할 수만 있다면 이야기가 달라질 것이었다.

* * *

북한의 기습 도발은 사전에 준비를 하고 있었기에 별다른 피해 없이 막아 내는 데 성공할 수 있었다.

하지만 청와대 내 NSC 회의장은 쥐 죽은 듯 아무런 소리도 들리지 않고 있었다.

그도 그럴 것이, 이제는 북한의 공격을 막아 내는 것이 문제가 아니라 그 이후의 일이 이들의 관심사였다.

괜히 어영부영 이번 일이 끝나게 된다면 대한민국으로서는 천추의 한을 남기는 일이었다.

또한 천우신조의 기회를 잃는 일이었기에 무조건 성공을 해야만 했다.

그런데 작적이 시작되고 지금까지 어디 한 군데에서도 작전에 성공했다는 소식이 들려오지 않고 있었다.

"아직까지 소식이 없습니까?"

정동영 대통령은 긴장한 표정으로 국방 장관인 최대환에게 물었다.

"죄송합니다, 아직 소식이 없습니다."

무엇이 죄송한 것인지 질문을 받은 최대환은 미안한 표정으로 그리 대답을 하였다.

그도 알고 있는 것이리라.

정동영 대통령뿐만이 아니라 여기 있는 모든 이들이 긴장하고 있다는 것을.

최대환 국방 장관도 파워슈트를 도입한 모든 특수진 부대를 동원한 이번 작전의 성공을 빌고 있는 사람 중 한 명으로서 작전에 들어간 지 한 시간이 지났음에도 어떤 보고도 들어오지 않는 것에 초조해하고 있었다.

똑똑똑!

그때, 노크 소리가 들리고 닫혀 있던 집무실 문이 열렸다.

사무관 한 명이 급하게 들어와 최대환 국방 장관에게 귓속말을 하곤 돌아갔다.

"무슨 일입니까?"

사무관이 국방 장관에게 귓속말을 하고 나가자, 표정이 바뀐 최대환 국방 장관을 보며 궁금증이 생긴 정동영 대통령이 질문을 했다.

"지하리에 있는 탄도미사일 부대를 확보했다는 보고입니다."

특수부대가 투입이 된 작전의 성공을 기다리고 있던 NSC 위원들의 두 눈이 최대환 국방 장관의 대답에 일제히 동그랗게 커졌다.

방금 전 최대환 국방 장관이 언급한 지하리의 북한 탄도미사일 부대도 이번 작전의 목표 중 하나였다.

그런데 여기서 중요한 점은 지하리 탄도미사일 부대의 경우 북한이 편성한 미사일 부대 중 가장 최근에 편성된 부대로 휴전선에서 40㎞ 정도밖에 떨어지지 않은 무척이나 가까운 곳에 위치해 있다는 점이었다.

그 때문에 만일 북한이 미사일을 발사한다면 3분 내에 남한의 수도 서울에 도달이 가능했다.

그러니 지하리 탄도미사일 부대의 확보는 이들을 기쁘게 하기에 충분했다.

더욱이 작전에 들어가고 한 시간여가 지난 지금, 가장 먼저 희소식이 전해진 것이었기에 더욱 그러했다.

그리고 지하리 탄도미사일 부대의 소식에 이어 북한의 탄도미사일 부대와 전략 미사일 부대, SLBM을 운용할 수 있는 잠수함 부대에 대한 소식도 속속들이 들어왔다.

"영조리, 성남리, 신오리 미사일 부대도 확보 완료했

다고 합니다."

지상에 있는 탄도미사일 부대에 대한 긍정적인 소식이 전해지자, 이번에는 또 다른 위협에 대한 생각이 들었다.

"아직 북한의 잠수함 부대에 대한 소식은 없습니까?"

계속해서 긍정적 소식이 전해지자 이제는 조급해지는 감이 없지 않아 물어본 것이었다.

"방금 SH시큐리티에서 연락이 들어왔습니다."

"그래요? 어떻게 되었습니까?"

손이 부족해 PMC인 아레스는 물론이고 민간 기업인 SH시큐리티까지 동원해 펼친 작전이었다.

"SH시큐리티에서 맡은 마양도와 차호는 안전하게 확보했다고 합니다."

"그래요? 어떻게……."

"작전에 들어가기 전 봉황 2호에서 그곳에 EMP탄을 쐈다고 합니다."

"아!"

EMP탄이 사용되었다는 소리에 정동영 대통령도 안도의 한숨을 내쉬었다.

이제는 군사 용어나 폭탄, 미사일에 대한 이름을 어느 정도 깨우친 정동영 대통령이었기에, 최대환 국방장관의 보고에 추가 설명 없이도 손쉽게 알아들을 수 있었다.

"김종은 주석에 대한 소식은 없습니까?"

우려하던 ICBM과 SLBM을 보유한 부대들이 하나둘 육군 특수전 부대의 수중으로 떨어졌다는 보고를 받은 정동영 대통령은 급기야 북한의 수장인 김종은의 신병에 대한 질문을 던졌다.

현재 상태에서 김종은의 신병은 무엇보다 중요했다.

다른 북한의 권력자의 행방은 그리 큰 위협은 아니었다.

하지만 김종은의 신병은 달랐다.

육군본부의 계획은 일단 이번 북한의 도발을 이용해 북한 지역에 있는 탄도미사일 부대나 잠수함 부대처럼 전략적 위협이 되는 북한군 부대들을 무력화시키는 한편, 김종은의 신병을 확보하는 것이었다.

이것이 육군본부에서 새운 국토 수복 1차 계획이었다.

그리고 2차 계획은 탈주한 북한군 권력자와 중국의 북부 전구 부대가 한반도의 경계를 넘어오게 만드는 것이었다.

이때 중요한 것은 중국 북부 전구의 동북 3성에 위치한 부대들 중 일부가 압록강과 두만강을 넘어야 한다는 점이었다.

육군본부는 중국군이 북한과의 경계를 넘는 것을 기점으로 중국 정부에 항의 서한을 보내고 본격적으로 중국의 북부 전구 전력에 대한 공격을 시작할 계획을 가지고 있었다.

그래야 중국 정부가 무단으로 점령한 한민족의 고토를 되찾을 수 있기 때문이었다.

현대라고 해도 명분은 무척이나 중요했으니까.

*　　　*　　　*

[마양도와 차호에서 작전에 성공했다는 연락이 왔습니다.]

슬레인은 방금 전 마양도와 차호에 차출된 SH시큐리티의 경호원들로부터 보고를 받고 이를 마스터인 수호에게 알려 왔다.

"그래, 잘되었군."

수호가 담담히 대답했다.

"그런데 창덕골에서는 아직인가?"

김종은이 숨겨 놓은 핵폭탄과 ICBM을 확보하기 위해 파견한 김국진의 팀에게서 연락이 없는지 물어보는 것이었다.

[아직까진 소식이 없습니다.]

시간상으로는 벌써 보고가 들어왔어도 이상하지 않을

시간이었다.

하지만 어찌된 일인지 아직까지 연락이 없었다.

그렇지만 수호는 전혀 걱정하지 않았다.

국진의 팀은 SH시큐리티 내에서도 수위에 드는 팀이었으니까.

물론 국진의 나이가 있기 때문에 신체적 능력이 점점 줄어들고 있긴 했다.

다만, 육체적 능력이 줄어드는 것을 그동안에 경험한 것들을 이용해 커버하고 있었다.

[아직 김국진 사장과 팀의 바이탈 신호에 이상 신호가 잡히지는 않고 있습니다.]

SH인더스트리에서 생산하는 모든 파워슈트에는 착용자의 바이탈 사인이 송출되게 만들어져 있었고, SH 그룹에서 생산되는 물건들 중 칩이 들어가는 것들은 모두 슬레인에게 신호를 보내게 되어 있었다.

그리고 비상시라고 판단될 때에는 슬레인이 이를 직접 통제할 수 있게 설계되었다.

그러니 안심하고 미국이나 다른 나라에 판매를 한 것이기도 했다.

그 말인즉슨, 비밀 임무를 가지고 북한에 침투한 김국진과 그의 직속 팀이 현재 어려움은 겪고 있어도 위험하진 않다는 것과 동일한 말이었다.

＊　　　＊　　　＊

탕! 탕! 탕!

요란한 총소리가 지하 터널 안에 울려 퍼졌다.

따다다다!

투둥! 투둥!

그리고 간간히 기관총 소리와 또 묵직한 기관포의 발사음도 섞여서 들려왔다.

이는 창덕골 미사일 기지 내 북한군 특수부대들이 침입자인 SH시큐리티를 상대로 전투를 벌이는 소리였다.

이들은 자신들에게 지급된 98식 보총과 14.5㎜ 고사 기관포를 이용해 기지 내부로 침투한 SH시큐리티 경호원들을 막고 있었다.

"한 시 방향 고사포 제압해!"

김국진은 기지 내로 침투를 했다가 느닷없이 나타난 북한군과 교전을 벌이고 있었다.

기지를 경비하는 북한군이 쏘는 98식 보총이야 걱정이 될 리 없었다.

하지만 14.5㎜ 고사포는 솔직히 조금 무리였다.

자신들이 착용한 파워슈트의 방어력은 A—10 선더볼트가 발사하는 30㎜ 어벤져스 기관포에도 견디는 아주 우수한 방어력을 가지고 있었다.

하지만 그럼에도 불구하고 그 절반의 지름에 해당하는 14.5㎜에 불과한 북한군의 고사포와 전면전을 하기가 꺼려지는 건 어쩔 수가 없었다.

그도 그럴 것이, 비록 구경은 어벤져스 기관포의 전반에 불과하지만, 그 파괴력은 거의 비등했기 때문이다.

더욱이 현재 교전 거리는 불과 50미터도 떨어지지 않는 근거리.

그러다 보니 파워슈트의 방어력만 믿고 움직이기엔 본능적인 두려움이 몸을 굳게 만들었다.

— 카피 뎃!

국진의 명령을 받은 부하 직원은 바로 답변을 하고 목표를 향해 공격을 하였다.

퐁!

한 시 방향에서 쏘아 대는 14.5㎜ 고사포를 향해 귀여운 소리를 내고 발사된 유탄이 낮은 포물선을 그리며 목표를 향해 날아갔다.

꽝!

발사음은 귀여웠지만, 그 파괴력은 결코 귀엽지 않았다.

보통의 유탄보다 위력이 세 배나 더 강력한 것이었기

에 겨우 한 발로 국진과 그의 팀의 발걸음을 막던 북한군 경계초소를 무력화시켰다.

그렇게 첫 번째로 맞은 북한군 장애물을 통과한 국진과 그의 팀은 갈림길에 서게 되었다.

기지 내부에 복도가 갈라진 갈림길이 나온 것이었다.

"유 부장은 세 명을 데리고 저쪽으로 가고, 난 남은 인원을 데리고 이쪽으로 간다."

— 알겠습니다.

비록 가까이 있기는 했지만, 헬멧을 착용하고 바이져로 얼굴을 가린 관계로 직접적인 대화는 나눌 수 없었기에, 무선 마이크를 이용해 대화를 나누었다.

— 무운을 빕니다.

자신을 향해 무운을 비는 유재욱 부장의 말에 국진은 빙그레 미소를 지으며 답변을 했다.

"자네들도 무운을 빌지."

그런데 이때 대화에 끼어드는 이가 있었다.

— 서로 무운을 빌기 전에 우리 내기를 하죠.

— 뭐, 내기? 야!

대화에 끼어든 이는 바로 장재원 과장이었다.

평사원이던 장재원은 어느새 과장의 자리에까지 올라온 인물로서 장래가 기대가 되는 인재였다.

그래서 수호도 그를 SH시큐리티의 사장인 김국진 밑

에 두고 있었다.

"그래, 그것도 좋지. 그럼 우리 누가 먼저 기지를 장악하는지 내기를 하도록 하지."

김국진도 동한 것인지, 장재원의 어처구니없는 내기 발언에 동조를 하였다.

─ 사장님께서도 괜찮으시면 저도 좋습니다.

국진의 말에 유재욱도 흥분이 되는 것인지 바로 말을 바꾸어 좋다고 대답을 하였다.

그러다 보니 국진의 팀은 어느새 두 개의 조가 아닌, 세 개 조로 나뉘게 되었다.

세 개 조로 나뉜 SH시큐리티는 3인 1조가 되어 기지 내부를 달리기 시작했다.

조금 전까지만 해도 북한군 고사포에 발이 묶여 진입이 늦어졌는데, 이제는 아니었다.

자신들이 착용한 장비에 대한 신뢰가 확보된 지금 굳이 14.5㎜ 고사포에 발걸음이 늦출 필요성을 느끼지 못했기 때문이다.

아니, 내기가 두려움을 이겼다고 하는 표현이 더 맞을 것 같았다.

퉁! 퉁!

빠르게 기지 복도를 달리던 SH시큐리티의 경호원들은 적외선과 열 영상으로 북한군의 위치를 파악했다.

그리고 그들은 굳이 소총으로 교전을 하기보다는 가지고 있던 유탄을 이용해 빠르게 제압을 하고 통과를 하며 목표를 향해 달려갔다.

　— 기지 제압 완료되었습니다.

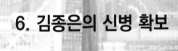

6. 김종은의 신병 확보

대한민국 육군 최정예부대 하면 가장 먼저 거론이 되는 부대가 있다.

그곳은 바로 제7기동군단으로 이들의 임무는 전쟁이 발발 시 북한군을 방어하는 것이 아니라, 그대로 북한으로 북진을 하는 것이었다.

사실 이 제7기동군단은 처음부터 이런 임무를 띠고 탄생한 부대는 아니었다.

처음 창설될 때는 동해안 경비사령부로 설립이 되었다.

그러다 제1, 2유격여단을 배속받아 강원도 삼척에서

동해안부터 경상북도 일부 지역을 경비하는 임무를 맡게 되었다.

그리고 제1, 2유격여단이 특수전사령부로 전속되면서 동해안 경비사령부를 떠났다.

1982년에는 부대명이 제7군단으로 개편되었고 이듬해인 1983년에 전두호 대통령에 의해 공격에만 주력하는 기동군단으로 재탄생했다.

그와 함께 주둔지를 경기도 이천시로 이동을 했다.

군단 내에 공병과 포병여단은 물론이고 정보통신단과 강습대대, 화생방대대, 방공대대 등 모든 병과를 고루 갖추고 있는 최정예부대가 되었다.

그런 최정예 부대가 현재 준전시체제로 대기를 하고 있었다.

북한군의 동향이 수상해지자, 대한민국 합동참모부는 데프콘 4단계를 발령하여 경계 태세에 들어가도록 했다.

북한군의 휴전선 일대에서 장기간 장사정포와 방사포의 훈련이 길어지면서 발령된 것이었다.

사실 이것은 기존에도 계속 발령이 되어 있는 상태였지만, 휴전 상태가 유지가 되고 또 남북이 화합으로 평화적인 종전 협상이 이루어지자 유명무실해지는 듯했다.

하지만 갑작스러운 북한 수뇌부의 변심으로 인해 같은 데프콘4였지만, 상황은 완전히 180도 달라져 있었다.

이전에는 그래도 장병들에 대한 외출, 외박 등이 허용이 되었으나, 이번에는 실탄만 주어지지 않은 채 영내에서 대기를 하게 했다.

그런데 오늘 갑자기 데프콘3이 발령이 되었다.

이는 준전시체제로 명령이 떨어짐과 동시에 전투에 투입될 수 있게 실탄을 수령하고 물자를 분류하고 기다리는 단계였다.

그리고 데프콘2에선 전쟁 준비 가속화 단계로 현역 군인은 담당 작전지역으로 출동을 하고, 후방에서는 예비군이 소집이 되어 부대 편제가 완료가 되면 탄약을 지급하게 된다.

하지만 제7기동군단에는 데프콘2라는 게 존재하지 않았다.

그도 그럴 것이, 이들은 북진 선봉 부대였기 때문이다.

바로 전쟁 상황인 데프콘1이 발령됨과 동시에 휴전선을 넘어 북한 지역으로 넘어가게 사전에 계획되어 있었으니까.

애애애앵! 애애애앵! 애애애앵!

막사에서 전투복을 입고 전투화도 벗지 않고 쉬고 있던 군인들은 느닷없이 울리는 사이렌에 정신을 차리지 못하고 허둥지둥하고 있었다.

"야 이 새끼들아! 지금이 장난하는 걸로 보여!"

갑자기 내무실로 들어온 소대장이 호통을 쳤다.

"얼른 안 뛰어?"

계속된 소대장의 호통에 장병들은 그제야 정신을 차리고 급히 몸을 움직이기 시작했다.

이미 여러 차례 훈련을 했기에 자신들이 이런 상황에서 어떻게 행동을 해야 할지 모두 숙지하고 있는 상태였다.

'진짜 전쟁이 난 거 아니야?'

신속하게 움직이는 중에도 장병들은 믿고 싶지가 않았다.

어제 저녁에 손톱과 머리카락을 잘라 편지 봉투에 넣기는 했지만, 정말로 전쟁이 일어나지는 않을 거라는 의심을 조금 하고 있었다.

이전에도 이와 비슷한 일이 몇 번 있었기에, 더욱 그런 것이었다.

다만, 데프콘이 떨어진 것이 예전의 상황과는 조금 달랐지만, 이는 자신들이 어떻게 할 수 있는 일이 아니었다.

그래서 장병들은 불안함 속에서도 약간의 희망을 꿈꾸기도 했다.

하지만 그것도 방금 전 소대장의 호통 소리에 허망하게 무너지고 말았다.

그리고 보니 내무실로 달려온 소대장의 얼굴에는 언제 했는지 모를 진한 위장 크림이 발라져 있었다.

부르릉!

병사들은 주둔지로 달려가서 전차와 장갑차에 시동을 걸었다.

이윽고 여기저기서 엔진이 점화되는 소음이 들려왔다.

엔진을 켜고 자리에 앉은 재일은 전차 조종석에 앉자 어느 정도 안정이 되는 것 같았다.

비록 K—1계열의 전차였지만, 그래도 최근까지 성능 개량을 하여 북한의 그 어떤 전차와도 1대1 맞대결에서 밀리지 않는 전차라 자부하고 있었다.

비록 북한군이 최근 신형 전차를 선보이긴 했지만, 그것의 태생은 구소련의 T—62계열의 전차를 개량한 것이라 아무리 개량을 했다고는 하지만, 성능의 한계는 분명했다.

더욱이 개량을 하는 기술도 원조인 러시아(구소련)의 것이 아닌, 짝퉁의 나라 중국의 기술을 도입한 것이었기에 더욱 그러했다.

그도 그럴 것이, 중국은 그 특유의 불법 복제로 인해 러시아로부터 무기 도입을 거부를 당하자, 수교를 맺은 서방세계의 전차 기술을 도입하여 그것들을 개량하여 러시아와는 또 다른 길을 걸었다.

하지만 남의 것을 베끼는 것에만 투자를 해서 그런지, 독자적으로 개발한 군사 무기 기술의 진보는 요원했다.

그리고 중국은 그런 기술의 일부를 북한에 넘겨주었다.

쉽게 말해 중국이 짝퉁 기술을 북한에 넘겨준 것이었다.

다만, 여기서 중국은 꼼수를 부려 전체 기술을 전수한 것이 아닌, 핵심 기술을 뺀 나머지 다운그레이드 된 기술을 전수를 하였다.

그러다 보니 아무리 북한이 장비를 최신형으로 개량을 했다고 해도 한계가 분명할 수밖에 없는 건 당연지사였다.

그런데 제7기동군단에 소속된 전차들 중 가장 성능이

떨어지는 K—1도 최근 개량을 했다.

물론 화력과 방어력에선 다른 전차들에 밀리긴 하지만, 북한군과 비교를 하면 하늘과 땅만큼이나 차이가 났다.

더욱이 최근 무슨 바람이 불었는지, 방어력이 떨어지는 K—1계열 전차에 소프트 아머를 도입하였다.

그로 인해 기존보다 방어력이 300㎜나 향상이 되었다.

차치 갑옷처럼 외부에 치장을 하는 것이었지만, 나름 괜찮은 아이디어라는 생각이 들어 재일은 굉장히 마음에 들었다.

'후……'

재일은 전차에 앉아 천천히 심호흡을 하였다.

그런데 이때, 재일이 쓰고 있는 헬멧에 부착된 헤드셋에서 목소리가 들려왔다.

— 출발해!

"꿀꺽!"

전차장인 변형태 중사의 목소리가 귓가에서 맴돌았다.

그 말인즉슨, 데프콘1이 떨어졌다는 것이나 진배없는 소리였다.

'엄마!'

재일은 자신도 모르게 속으로 엄마를 떠올렸다.

두려운 마음에 자신도 모르게 되뇐 것이었다.

크르르릉!

신형 전차에는 최근 고무 궤도가 채택이 되어 소음이 적지만, 재일이 타고 있는 K—1E3 전차의 경우 아직도 일반 궤도였기에 기동을 할 때마다 쇠끼리 마찰을 하는 소음이 존재했다.

'아오, 조금만 더 시간이 있었으면, 최신형 K—3 전차를 탈 수 있었는데.'

자신이 몰고 있는 전차의 소음을 들은 재일은 순간 아쉬운 마음이 들었다.

원래 두 달 뒤면 재일이 속한 부대도 최신형 K—3 전차로 교체를 할 예정이었다.

1년 전에 개발이 완료된 K—3 전차는 다른 부대보다 제7기동군단에 먼저 보급이 되기로 계획되어 있었고, 수도 방위를 책임지고 있는 수도방위사단인 맹호부대에 가장 우선적으로 배치가 되었다.

그 뒤에 제7기동군단에 속한 부대 중 가장 장비가 떨어지는 재일이 있던 제11기동사단에 배치하기로 약속되어 있던 것이다.

그리고 재일이 있던 부대가 최신형 K—3 전차로 교체를 하면 기존의 K—1E3 전차는 다른 전차 부대로 보

내기로 계획이 잡혀 있었는데, 이렇게 전쟁이 발발하게
되자 재일의 부대는 신형 전차로 교체를 하지도 못하고
기존 K—1E3 전차를 타고 전장에 나서게 되었다.

— 선임하사님, 그런데 우리가 제일 전력이 떨어지는
거 아니에요?

자신만의 생각에 잠겨 있던 재일의 귀에 선임인 이장
호 상병의 목소리가 들려왔다.

— 뭔 헛소리냐?

이장호 상병의 말에 전차장인 변형태 중사의 목소리
가 들려왔다.

데프콘1로 전시 상황인데 이들의 대화는 너무도 평온
했다.

— 그렇지 않습니까? 지상의 왕자라 불리는 전차 아
닙니까?

— 그렇지? 그런데 그게 뭐?

유인성 중사는 이장호 상병의 말이 이해가 가지 않는
듯 다시 물었다.

그런 전차장의 질문에 이장호 상병이 대답을 하였다.

— 개량을 했다고는 하지만, 저희는 겨우 3.5세대에
근접한 것에 반해 저기 최신 장갑차는…….

이장호 상병이 가리킨 것은 바로 최근에 교체가 된
중대장이 타고 있는 장갑차였다.

아니, 정확하게는 장갑차가 아닌 경전차였다.

인도로 수출한 K—21 장갑차의 경전차 버전이 중국, 파키스탄군과의 전투에서 뛰어난 성능을 내보인 것에 고무된 육군본부에서 대한 디펜스에 정식으로 공급계약을 하고 기존의 지휘 장갑차를 대신에 교체한 것이었다.

그런데 여기서 중요한 것은 이 신형 지휘 장갑차의 성능이 지금 이장호 상병이나 유인성 중사 그리고 정재일이 타고 있는 K—1E3 전차보다 훨씬 성능이 우수하다는 것이었다.

비록 중대장이 탑승한 지휘 장갑차의 주포 구경이 105㎜로 K—1E3에 비해 15㎜나 구경이 작아 위력은 떨어지지만, 대신이라고 할 수 있는 대전차 미사일을 네 기나 가지고 있어 K—1E3보다 먼 거리에서 적 전차를 맞출 수 있었다.

뿐만 아니라 신형 지휘 장갑차는 대전차 미사일은 물론이고 신궁—Ⅱ 대공미사일도 가지고 있어 대공 전투가 가능했다.

지금 이장호 상병은 이 점을 언급한 것이었다.

어떻게 보면 북한군을 상대로 올라운드로 전투가 가능한 것이 바로 이 신형 지휘 장갑차였기 때문이다.

기갑부대와 같은 육상 전력은 공중에서의 공격에 너

무도 취약했다.

하지만 재우 디펜스에서 만든 이 지휘 장갑차는 이미 검증이 된 상태였다.

그러니 당연하게도 최정예 부대인 제7기동군단에 가장 먼저 배치가 된 것이었다.

그런데 여기서 주목해야 할 점은 인도에서는 경전차로 분류가 되고 한국에서는 지휘 장갑차로 분류가 되는 이 신형 K21—105A의 기본 방어력이 이장호가 타고 있는 K—1E3과 비슷하다는 것이다.

아니, 200㎜ 정도 더 높았다.

그나마 신형 소프트 아머가 주어지면서 100㎜ 정도 더 높아지기는 했지만, 듣기에 K21—105A도 자신들이 타고 있는 K—1E3에 주어진 것처럼 소프트 아머가 채택이 될 것이라고 했다.

그 말은 중대장이 탑승한 K21—105A가 더 방어력이 우수하다는 결론이 되는 것이었다.

이런 측면에서 이장호 상병은 차라리 신형 K—3 전차보다 중대장이 타고 있는 K21—105A가 낫지 않겠는가 생각을 한 거였고.

— 차라리 생산량이 부족한 K—3보다 중대장님께서 타고 있는 K21—105A가 더 좋지 않아요?

이장호 상병은 자신의 생각을 전차장인 유인성 중사

에게 이야기를 하였다.

— 흠… 그럴 수도 있겠지?

이장호의 질문을 받은 유인성 중사는 잠시 말을 멈췄다가 말을 꺼냈다.

유인성 중사도 현재 상태에서는 차라리 중대장의 애마인 K21—105A가 아직 성능을 알 수 없는 K—3보다 더 좋게 느껴졌다.

대전차 화기라 현대전과는 맞지 않을 수도 있지만, K21—105A의 105㎜ 주포는 북한군 전차를 상대로 충분한 사거리와 위력을 가졌다.

아니, 유인성 중사가 판단하기에 중국군 주력 전차인 99식과도 충분히 겨뤄 볼 만하다고 생각하고 있었다.

그도 그럴 것이, 중국군 전차는 그들이 말하는 스펙과는 상당한 괴리가 있었기 때문이다.

4세대 전차라 떠들면서도 3세대 전차의 기준인 이동 간 사격 능력도 K—1 전차에도 미치지 못했다.

방어력이야 최신 세라믹 장갑으로 교체를 해 현존하는 모든 전차포를 막아 낸다 자랑은 하지만, 기존 그들이 주장하는 무기들의 성능을 고려해 보면 중국의 세라믹 장갑의 성능도 스펙만큼 나오지 않을 게 분명했다.

'그런데 우리 지금 전쟁을 하러 가는 중인데… 지금 그런 이야기를 할 땐가?'

울트라 코리아

선임과 전차장의 대화를 듣고 있던 재일은 마음속으로 그렇게 질문을 던졌다.

＊　　　＊　　　＊

평양을 떠나 양강도 17호 비밀 안가로 들어선 김연정은 도착하자마자 자신들을 경호해 온 호위총국 군인들을 모두 평양으로 돌려보내고, 이곳 17호 안가를 지키던 북한 군인들과 함께 안가 안으로 들어갔다.

"고모, 아바이는 언제 오십네까?"

김종호는 고모 김연정을 보며 아버지가 언제 오는 지를 물었다.

하지만 지금은 조카인 종호와 이야기를 나눌 때가 아니었기에 새언니이자 북한의 퍼스트 레이디인 진설주에게 조카는 떠넘겼다.

"언니, 난 오라바이와 연락을 해야 하니……."

"종호는 제가 볼 테니, 언넝 가 보시라요."

진설주는 현재 자신들의 안전을 책임지는 사람이 누구인지 너무도 잘 알고 있었다.

다른 때도 아니고 현재 비상사태가 벌어진 것을 누구보다 잘 알고 있는 그녀였기에 괜히 김연정의 심기를 불편하게 하고 싶지 않아 재빨리 나섰다.

"그럼 언니만 믿갔시오."

김연정은 그렇게 진설주와 조카들을 남겨 두고 밖으로 걸음을 옮겼다.

그렇게 방에서 나간 김연정은 급히 안가의 상황실로 향했다.

이곳 양강도 17호 비밀 안가는 쿠데타가 발생했을 때, 백두혈통을 지키기 위해 마련된 장소였다.

때문에 이곳에는 지하에서도 북한 전역에 있는 부대들과 연락을 주고받을 수 있는 통신 시설이 마련되어 있었다.

"어찌 됐어? 오라바이완 연결이 되었네?"

상황실에 도착한 김연정이 함께 온 선전부장에게 급히 물었다.

비록 자신보다 직급이 높은 선전부장이었지만, 북한 사회가 직급으로만 통치가 되는 나라가 아니었다.

그래서 그녀보다 나이도 많고 직급도 높은 선전부장이었지만, 김연정은 그런 것은 괘념치 않고 반말로 지시를 한 것이었다.

"아무리 연결을 해 보려 시도했지만, 연결이 되지 않습네다."

"뭐이네? 아직도 그런 것 하나 연결 못하고 뭐 하고 있었네!"

통신 연결이 안 되었다는 소리에 김연정은 버럭 화를 냈다.

전쟁이 터질 수도 있는 위급한 상황에서 급하게 평양을 빠져나오다 보니, 뭐 하나 챙기지도 못하고 이곳까지 도망치듯 달려왔다.

그렇게 안가에 도착을 하고 어느 정도 정신이 돌아오자, 놓친 게 있다는 것을 깨달을 수 있었다.

평양의 집에 있는 각종 폐물과 달러를 놓고 왔다는 생각이 든 것이었다.

혹시나 일이 잘못되었을 때, 그것들이라도 가지고 있어야 중국으로 넘어가도 살 수 있지 않겠는가.

'괜히, 괜히 부추갔어…….'

김연정은 뒤늦게 자신의 실책을 깨닫고는 후회라는 감정이 물 밀 듯 몰려왔다.

중국에서 외교부장이 비밀리에 접촉을 해 왔을 때, 김연정은 중국의 편에 서서 그들의 제안을 받아들이라고 오빠 김종은을 설득했다.

남한은 자신들이 무력 도발을 해도 지금까지 별다른 반응도 하지 않았었다는 것을 언급하며, 끽해야 국제적십자를 통해 항의 서한을 전달하는 것 외에는 없을 거라면서.

그러니 이번에도 별다른 일이 없을 것이라 호언장담

을 하며 설득을 했다.

하지만 결과적으로 그것은 잘못된 선택이었다는 걸 깨닫기에는 오랜 시간이 걸리지 않았다.

남한은 그동안 힘이 없어 가만히 있던 것이 아니라 동포였기에 혹시라도 추가 피해가 있을 것을 우려해 반격을 자제하고 있던 것뿐이었다.

그런데 그것을 오판하고 북한이 전쟁 급에 달하는 도발을 시도하자, 더 이상 참지 않고 반격을 개시한 것이었다.

게다가 이번 무력 도발이 다른 것도 아니고, 중국 정부의 사주를 받고 행한 것임을 알게 되자 대한민국은 더 이상 인내하지 않았다.

더욱이 이제는 북한이 그렇게 떠드는 핵무기도 두렵지 않을 만큼 만반의 준비가 되어 있지 않은가?

상대가 가진 패를 모두 알고 그에 반격을 할 수 있는 대비가 되어 있으니, 대한민국은 이에 함정 카드를 설치하고 상대의 턴이 끝나기만을 기다렸다.

예상대로 북한은 상황을 오판하고 앞에 뭐가 있는 줄도 모르고 그저 중국이 던져 주는 먹이를 받아먹기 위해 도발을 자행했다.

그리고 예상대로 북한이 공격을 해 오자, 대한민국 국군은 곧바로 북한의 공격을 막아 냄과 동시에 반격을 시작했다.

그 시작은 상공에 떠 있던 공중 순양함인 봉황 1호의 EMP공격이었다.

자신들이 어떤 공격에 당했는지도 모르는 북한군은 우왕좌왕하며 당황해했다.

지금 김연정도 평양에 있는 김종은과 연결이 되지 않고 또 무슨 일이 벌어질지 알 수 없었기에 화를 내고 있는 것이었다.

그와 동시에 자신이 누리던 것들을 더 이상 누리지 못하는 게 두려웠기에 더욱 그러했다.

"이대로는 안되 갔어. 북경에 당장 연락 넣으라우!"

통신이 되지 않는 평양을 붙잡고 있기 보단, 중국에 도움을 청하는 게 더 나아 보였기에 김연정은 곧바로 중국 정부에 연락을 하였다.

"부장동지를 연결해 주시오. 저 북조선의 김연정입네다."

                    *   *   *

쾅!

이제는 고물이라고 해도 될 T—62 전차에서 불이 번쩍하며 뿜어져 나왔다.

구형 T—62 전차의 주포가 포탄을 발사한 것이었다.

하지만 포탄을 발사한 T—62는 원하던 바를 이루어 내진 못했다.

지하 갱도로 침입한 적을 향해 강력한 포탄을 발사했지만, 적을 제대로 맞추지 못했기 때문이다.

타타타타!

쾅!

"간나 새끼들 죽으라우!"

북한군 중 한 명이 들고 있던 AK를 쏘며 고함을 질러 댔다.

하지만 지하 요새에 침입한 적들은 이들의 공격을 비웃기라도 하듯 아무런 타격도 입지 않았다.

한편 북한의 지도자인 김종은의 신병을 확보하기 위해 뒤를 추적해 들어온 주성과 777부대원들은 평양 시 지하에 건설된 요새로 인해 좀처럼 앞으로 나아가는 게 힘들었다.

"누가 저 망할 것 좀 처리할 만한 걸 가지고 있는 사람 없나?"

김주성은 어두운 지하 갱도를 달리던 중 느닷없이 자신들의 앞에 나타난 T—62 전차와 북한군으로 인해 발이 묶이자 짜증이 잔뜩 섞인 목소리로 물었다.

— XM102가 있습니다.

자신들의 앞을 막고 있는 T—62 전차가 비록 개발된 지 40년도 더 된 2세대 전차라고는 하지만, 보병들에게는 충분히 위협적인 존재였다.

  그런데 김종은을 제압하기 위해 침투한 자신들에게는 그런 중장비 무기가 존재하지 않았다.

  그런데 이때, 부하 중 한 명이 테러 진압용 무기인 섬광탄을 가져왔다는 것이 아닌가?

  적진에 침투를 하면서 테러 진압용 무기를 가져오다니 당황스러운 생각이 들기도 했지만, 지금 자신들에게 주어진 임무를 생각하면 무척이나 적절한 판단이었다.

  "좋아, 신호하면 T—62를 향해 던져."

  ― 알겠습니다.

  쾅!

  이들이 무선으로 통신을 주고받고 있을 때, 북한군의 T—62 전차가 또다시 포탄을 발사하였다.

  "지금!"

  김주성 대령은 고함을 지르듯 신호를 보냈고, 그와 동시에 뒤쪽에 있던 부하 중 한 명이 섬광탄을 던졌다.

  쾅!

  번쩍!

  섬광탄은 요란한 폭발음과 함께 어두침침하던 지하 요새의 갱도 안을 환하게 만들었다.

"아악!"

"내 눈! 내 눈!"

섬광탄이 터지자 김주성 대령이 있는 쪽으로 총을 쏘던 북한군들이 자신들의 두 눈을 부여잡으며 고통스러운 비명을 질렀다.

순간적으로 눈이 받아들일 수 없는 정도의 강렬한 빛이 한순간에 폭발을 하자, 이에 고통을 참지 못한 북한군들이 비명을 지르는 것이었다.

그리고 이는 갱도로 침입한 김주성과 777부대원들을 향해 포탄을 쏘던 T—62의 전차 승무원들 또한 마찬가지였다.

비록 써치라이트를 켜고 있었다고는 하지만, 그들이 타고 있던 전차 내에는 불빛 하나 들어오지 않는 어둠만이 존재했기에, 오히려 전차 뒤에서 갱도 쪽으로 총을 쏘던 북한군보다 더한 고통을 느끼며 쓰러졌다.

자신들을 공격하던 T—62 전차와 북한군들이 섬광탄으로 인해 무력화가 되자, 갱도 쪽에 대기하고 있던 주성과 777부대원들은 신속하게 움직여 북한군과 전차를 제압했다.

제압은 빠른 속도로 진행되었다.

777부대원들은 발이 묶여 있던 만큼 빠르게 이동을 하기 시작한 것이었다.

다다다!

비록 공중 순양함 봉황 1호의 EMP탄으로 인해 지하 요새 내부가 어둠에 잠기긴 했지만, 북한군은 요새로 침입한 777부대를 맞아 호기롭게 전투를 벌였다.

하지만 이미 북한군과 777부대의 전력 차는 하늘과 땅만큼이나 벌어져 있었기에 전투의 결과는 보지 않아도 빤했다.

*　　　*　　　*

탕! 타타타탕!

저 멀리서 98식 보총의 사격 소음이 들려왔다.

평양 지하에 건설한 지하 요새에서 저런 총소리가 들린다는 것은 적이 침투를 했다는 소리와 마찬가지였다.

"음, 얼마나 쳐들어왔네?"

김종은은 금수산 태양궁에서 이곳, 지하 요새로 피신을 한 뒤, 숨을 죽이며 상황을 예의주시하고 있었다.

그러면서 평양 주변 부대와 직할 미사일 부대와의 통신이 다시 이어지길 기다렸다.

느닷없이 전기가 나간 것은 분명 남한이 무엇인가 공격을 했기에 그러한 것임을 미뤄 짐작할 수 있었다.

다만, 이런 때를 대비해 비상 발전 시설을 요새 지하

에 설치를 해 두었음에도 아직까지 불이 들어오지 않는 것이 의아했다.

"아무래도 남조선 특작부대가 침입한 것 같습네다."

리병철은 굳은 표정으로 김종은에게 보고를 하였다.

"남조선의 특작부대? 이거 큰일 아이네? 그런데 얼마나 들어온 것 같네?"

리병철에게서 남한의 특수부대가 침부한 것 같다는 보고에 깜짝 놀란 김종은은 어느 정도의 특수부대가 이곳 요새로 침입을 한 것인지 물었다.

"아직 정확한 소식은 들어오지 않았지만, 상당한 수가 몰려온 듯 보입네다."

리병철은 이렇게 가까운 곳에서 총격 소리가 들리는 것으로 보았을 때, 적은 숫자가 침투한 것이 아닌, 대규모 부대가 침투한 것 같다는 판단을 내렸다.

그렇지 않고서야 북한군 특수부대 중에서도 최고만을 뽑아 배치한 자신의 부하들이 이렇게까지 밀리고 있을 리가 없었으니까.

"하, 이거 정말 답답해 미치갔구만. 그래서 불은 언제 들어오네!"

혹시 있을 정전을 대비해 가져다 놓은 양초로 겨우 불을 밝히고 있는 것이 괜히 짜증이 난 김종은이 고함을 질렀다.

"이제 곧 연결이 될 겁네다."

리병철이 이마에 식은땀을 뚝뚝 흘리며 보고를 하였다.

하지만 그도 알고 있었다.

남한이 어떤 공격을 했기에 이런 상황이 벌어지고 있는지 말이다.

그 또한 군에서 수십 년을 굴러먹다 보니, 현대 군사 무기에 대해 아는 게 많을 수밖에 없었다.

한순간에 일대의 전자 기기를 무력화할 수 있는 무기는 EMP뿐임을 그는 알고 있었다.

하지만 리병철은 이러한 사실을 곧이곧대로 보고를 할 수가 없었다.

그도 그럴 것이, 평양이 그런 공격을 받았다는 것은 사실상 자신들이 전쟁에 패배를 했다는 것과 다름이 없었기 때문이다.

EMP탄은 인명 살상을 목표로 만들어진 폭탄이 아니었다.

그보다는 전자 기기들의 회로를 전자기 펄스로 태워 버릴 뿐.

그렇지만 인명 살상을 하지 않는다고 해서 그것이 병기로써 쓸모가 없는 것은 아니었다.

현대의 무기는 거의 대부분이 전기신호로 작동을 하

는 것이 많았다.

그나마 개인화기 정도나 전기신호 없이도 작동을 했지, 대부분의 무기들은 전자 기기와 연결이 되어 작동을 했다.

그나마 다행이라면 지상에 있는 최신 전차와 장갑차는 EMP공격으로 무력화되기는 했지만, 이곳 지하 요새에 가져다 놓은 구형 전차들은 전자 기기를 사용하지 않는 2세대 전차였다.

구형이라고는 하지만 전차였기에 적들을 충분히 묶어 둘 수 있다고 판단했다.

지하 요새에 있는 구형 전차들이 적들을 막는 동안 평양 시 주변에 있는 부대들과 통신만 연결할 수만 있다면 충분히 이번 공격을 막아 낼 수 있을 거라 생각했다.

그렇게만 된다면 중국에 연락을 하여 남측의 북진을 저지할 수 있다고 판단을 내린 것이었다.

그런데 웬걸…….

어떻게 된 것인지 총소리가 이곳 주석의 안식처와 너무도 가까운 곳에서 들리는 것이 아닌가?

이에 리병철은 결국 특단의 조치를 내리기로 결정했다.

괜히 이곳에 있다가는 자신도 무사하지 않을 것이란

생각이 들었기 때문이다.

"지도자 동지!"

"말하라우."

호위총국의 사령관이 리병철이 자신을 부르자, 김종은은 퉁명스럽게 대답을 했다.

그런 김종은의 대답에도 리병철은 어떤 반응도 보이지 않고 자신이 할 말을 할 뿐이었다.

"상황이 어떻게 돌아가고 있는지 잠시 돌아보고 오갔습네."

"그러라우."

김종은은 밖의 상황을 알아보고 오겠다는 리병철의 말에 그러라는 말을 하였다.

김종은에게서 허락이 떨어지자, 리병철은 얼른 경례를 하고 밖으로 나갔다.

＊　　　＊　　　＊

"대통령님 드디어 평양에 침투한 777부대에게서 연락이 왔습니다."

최대환 국방 장관은 부관이 전해 준 정보를 곧바로 대통령인 정동영에게 보고를 하였다.

"무슨 내용입니까?"

"김종은을 생포하는 데 성공했다고 합니다."

"뭐요? 그게 정말입니까?"

"예, 확실하게 김종은임을 확인했다고 합니다."

최대환 국방 장관은 놀란 목소리로 묻는 정동영 대통령을 향해 거듭 확인시켜 주었다.

"또 다른 말은 없었습니까?"

"그게… 김종은을 잡은 지하 요새에는 그의 동생이나 가족들의 행방이 보이지 않았다고 합니다."

"아니, 그러면 김종은도 가짜가……."

정동영 대통령은 혹시나 붙잡힌 김종은도 진짜가 아닌, 비슷한 그림자 무사가 아닌가 하는 생각이 문득 들었다.

하지만 뒤이어 설명을 하는 최대환 국방 장관으로 인해 그러한 걱정은 덜었다.

"리병철이 확인해 주었습니다."

"리병철이요? 그는 김종은의 경호 책임자가 아닙니까?"

"맞습니다. 그런데 그가 자신의 목숨을 보전하기 위해 투항을 했다고 합니다."

그랬다.

리병철은 김종은에게 상황을 알아보겠다고 하고는 바로 김종은을 잡으러 온 김주성과 777부대에 달려가 투

울트라 코리아

항을 했던 것이다.

그로 인해 김종은은 아무것도 모르는 상태에서 777부대에 붙잡혔고, 또 여러 명의 대역들도 써먹지도 못하고 붙잡혀 버렸다.

7. 진격

대한민국 육군 제7기동군단의 신형 전차인 K—3 대호의 전차장인 신기원 중위는 자신의 애마를 지긋이 쳐다보았다.

K—3가 개발이 된 지도 벌써 1년 하고도 6개월이 지났다.

처음 그가 이 K—3를 지급받았을 때 느낀 감정은 이루 형언할 수 없을 정도였다.

이전 K—2A만 해도 솔직히 상대할 수 있는 전차는 손에 꼽을 정도로 비교 대상이 적었다.

그런데 대한민국은 K—2A를 능가하는 4세대 전차를

개발하는 것에 성공을 하였다.

엄밀히 말해서 유럽이나 미국의 경우에는 대한민국이 K—2 흑표의 해외 수출에 매달리고 있을 때, 진즉에 3.5세대를 능가하는 차세대 전차를 개발하고 위해 노력 중이었다.

그렇지만 4세대 전차 개발은 10년이 넘는 장기 플랜이었기에 아직까지 개발을 완료하지 못하고 이제 겨우 130㎜ 주포의 설계를 완료했을 뿐이었다.

그에 반해 대한민국의 경우 국방부에서 차세대 전차 개발을 주도한 것이 아닌, 민간 기업에서 먼저 개발을 하고 역으로 정부에 제안을 하면서 채택이 되어 생산이 되었다.

이는 대한민국 군수산업에서도 손에 꼽힐 만한 사례였지만, 대한민국 정부나 군의 입장에선 너무도 완벽한 K—3를 도입하지 않을 이유가 없었다.

기존의 K—2 흑표도 이제 경우 한 차례 성능 개량을 했을 뿐인데, 벌써 차세대 전차를 도입하는 데에 일부에선 말이 나오기도 했지만, 군은 무시하고 강하게 밀어붙였다.

강력한 신형 무기를 보유하는 것은 국가 안보를 책임지고 있는 군의 입장에선 이보다 더 고마울 게 없었기 때문이다.

물론 K—2에 비해 K—3의 가격이 두 배 가까이 되기는 했다.

그러나 굳이 가격을 비교하기 보단 K—3의 성능을 언급하면서 비싼 가격을 들어 반대를 표하는 이들의 이견을 일축시켰다.

그도 그럴 것이, K—3의 장점은 기존 전차들과 다르게 가볍다는 것이었다.

C—5 갤럭시 수송기에 무려 네 대나 실을 수 있을 정도로 가벼운 전차였다.

그럼에도 불구하고 130㎜ 전열화학포를 채택하여 지구상 그 어떤 전차보다도 강력한 화력을 가지고 있었다.

그 위력이 너무도 막강하여 가장 단단한 전차로 알려진 영국의 챌린저2나 이스라엘의 메르카바 MK—5 전차를 5㎞ 거리에서도 파괴할 수 있을 정도로 강력한 화력을 가지고 있었다.

그런데 방어력은 어떠한가.

K—3는 압연강판 2,200㎜라 현존하는 전차포로는 파괴가 불가능했다.

대현 로보테크와 SH인더스트리가 합작하여 개발한 이 K—3는 사실상 현존하는 최강의 전차나 마찬가지였다.

그렇게 대한민국의 K—3 대호는 세계 최강의 전차가 되었다.

하지만 아직 대한민국 육군의 신형 전차인 K—3의 성능은 일급비밀이었기에 세상에 알려지진 않고 있었다.

혹시나 주변국(중국과 일본)을 자극할 수 있다는 이유에서 비밀을 유지하고 있던 것이다.

그러나 주포 구경이 130㎜라는 것은 이미 알려져 화력에 대해선 공공연하게 다들 알고 있었다.

게다가 육군본부에서는 K—3의 교전 수칙으로 표준 교전 거리를 4㎞로 정했다.

이는 K—2 흑표의 교전 거리인 2㎞의 두 배나 되는 거리였다.

하지만 이런 육군본부의 지시에도 불구하고 K—3의 전차장들은 그 어떠한 이견도 내지 않고 고개를 끄덕이며 수긍했다.

그도 그럴 것이, 4㎞에서 사격을 했을 때 전혀 어려움을 느끼지 못했기 때문이다.

K—3의 전차장들이 이렇듯 상식을 벗어난 사격 거리에서도 전혀 어려움을 느끼지 않는 이유는 신형 관측 장비와 사격통제장치 때문이었다.

더욱이 이 신형 관측 장비와 사격통제장치는 K—3에

적용한 인공지능 임무 컴퓨터의 지원을 받아서 운용이 되었다.

그렇기에 사격을 하는 전차장이나 포수에게 사격을 하는데 전혀 부담을 주지 않았다.

4㎞에 이르는 거리에서도 너무도 선명하게 보이는 표적으로 인해 K—3 내부에서 사격을 하는 포수나, 전차장의 경우 마치 슈팅 게임을 하는 듯한 느낌을 받았다.

그리고 지금, 데프콘1이 떨어지면서 신기원 중위가 속한 제7기동군단에게 명령이 하달되었다.

휴전선을 넘어 북한의 수도인 평양을 지나, 중국과 국경을 이루는 압록강까지 진격을 하라는.

중간에 거치적거리는 것은 모두 무시하고 압록강까지 진격하라는 명령은 어떻게 들으면 미친 것이 아닌가 하는 생각이 들게도 했다.

하지만 다른 전차 부대도 아니고 K—3 대호로 편제가 끝난 신기원 중위가 속한 부대라면 충분히 가능한 일이었다.

그렇게 다른 부대들이 북한군과 교전을 하고 있을 때, 신기원 중위가 속한 부대는 북한군의 공격을 받으면서도 무사히 통과하여 압록강까지 진격을 할 수 있었다.

— 소대장님, 준비 완료되었습니다.

다른 부대들과는 달리 새로운 임무가 내려왔기에 이들의 준비는 같은 데프콘 상태에서도 다른 움직임을 보이고 있었다.

그들은 적진 깊숙한 곳에 침투를 하여 장시간 주둔을 해야 했기 때문이다.

북한의 경계를 넘어올지도 모르는 중국군 북부 전구를 상대로 전투를 벌여야 할지도 몰랐으니까.

그래서 만반의 준비를 해야만 했다.

그렇게 그들은 장시간 주둔할 것을 대비해 부식도 준비하고 탄약도 보급을 받았다.

신기원 중위는 모든 준비가 끝났다는 보고를 받자마자 출발하라는 지시를 내렸다.

"OK! 그럼 출발해."

자신들이 비켜 줘야 대기를 하고 있는 전차들이 보급을 받을 수 있기 때문이었다.

그리고 그런 모습은 부대 전체에 걸쳐 볼 수 있는 모습이었다.

*　　　*　　　*

김종은 신병 확보 몇 시간 전.

청와대에서는 정동영 대통령 이하 NSC 위원들이 다 같이 합동참모부 준장 이호성을 불러 브리핑을 듣고 있었다.

조금 전, 특수전사령부 예하 777부대에서 1차 목표인 북한의 김종은의 신병을 확보하기 위해 침투했다는 보고를 받았다.

이에 정동영 대통령은 이후 작전에 대해 다시 한번 자세히 듣기 위해 합동참모부의 이호성 준장을 호출한 것이었다.

다른 장군이 올 수도 있었지만, 현재 데프콘1이 발령 중이라 다른 고위 장성들은 참모부에서 현황을 지휘해야 했기에 이호성 준장이 청와대로 왔다.

예전 같았으면 사령관이 직접 와서 보고를 했겠지만, 정동영 대통령이 집권을 하면서 이러한 부조리를 전부 뜯어고쳤다.

그렇기에 가장 중요한 위치에 있는 고위 장성은 현장에서 그리고 대체가 가능한 인원에 한해서 파견을 가는 것으로 바뀌었다.

그래서 합동참모부 중에서 직위가 가장 낮은 이호성 준장이 청와대로 불려 온 것이었다.

"그런데 전차 부대 단독으로 그렇게 보내도 되는 것

인가?"

군사작전에 대해 자세히 아는 것은 아니었지만, 현대전에서 부대가 단독으로 움직이는 것은 위험하다는 것은 상식 중의 상식이었다.

현재 데프콘1이 발령된 상태이기는 하지만, 괜한 인명 피해를 늘리지 않기 위해 특수부대들과 몇몇 부대들만이 작전을 펼치는 중이었다.

이러한 상태에서 작전 수행해야 하는 전차 부대였기에 제약이 심할 수밖에 없었다.

제대로 된 지원도 못해 주고 예상치 못한 상황들 때문에 보급에 문제가 생길 수도 있었다.

그래서 전차 부대 단독으로 북한군의 중심을 뚫고 압록강까지 가라고 한 것이 제대로 된 작전인가 라는 의문이 정동영 대통령은 든 것이었다.

"보통의 부대였다면 대통령님의 말씀처럼 죽으라는 명령이나 다름없겠지만, 최신형 K—3로 구성된 제7기동군단 예하 제11기동사단 예하 제9기계화보병 여단 전차대대 두 개 부대 66대와 K21—105 열두 대라면 북한군 전체와 전투를 한다고 해도 충분히 맞대응이 가능합니다."

이호성 준장은 4세대 전차인 K—3 대호를 인도받아 운용한 실무 부대의 지휘관들에게서 K—3에 대한 보고를 받았다.

군용 장비에는 업체가 올리는 제원과 실제 운용을 해 본 군 지휘관들이 판단하는 스펙상의 차이가 분명히 존 재했다.

그리고 대한민국 군에서도 이러한 차이는 어느 정도 묻어 두고 운용을 하는 것이 보편적인 관례와도 같은 것이었다.

그런데 K—3에 대한 현장 지휘관들의 평은 가히 역 대급이었다.

전차포의 성능이나 관측 조준경의 성능은 물론이고 그 편이성은 혀를 내두를 지경이었다.

제원에는 교전 거리가 4㎞로 나와 있었지만, 실제로 는 5㎞ 밖에서도 충분히 목표에 명중을 시키는 모습을 보여 줬다.

거기에 압연강판 1,000㎜ 이상도 파괴하는 것으로 판명이 났다.

그 말인즉슨, 5㎞ 밖에서도 북한군의 모든 전차를 파 괴할 수 있다는 말이나 마찬가지였다.

거기에다가 알려진 것처럼 K—3는 기본 방어력이 2,200㎜로써 북한군이 가진 어떤 대전차 무기로도 파 괴가 불가능했다.

그러니 북한군의 대전차 미사일만 막아 내면 되는 것

이었다.

한데 K21—105 전투 지휘 장갑차에는 하드킬 능동 방어 체계가 갖춰져 있어, 속도가 느린 대전차 미사일은 걱정할 필요가 전혀 없었기에 이 또한 문제될 게 없었다.

즉, 현재 육군본부에서 짠 작전에는 빈틈이 없다는 소리와도 같았다.

"뿐만 아니라 북진하는 전차 부대의 머리 위에는 대붕06호가 함께하고 있어 공중에서의 기습 공격도 걱정할 필요가 없습니다."

제9기계화보병사단 예하 전차 부대의 전투 지휘 장갑차는 사실 전차 부대의 대공방어를 목적으로 함께 움직이는 것인데, 육군본부에서는 우주군에 지원을 요청해 혹시나 부족할지 모를 대공 방어능력을 공중 프리깃함 대붕06호에 맡겼다.

공중 프리깃함인 대붕06호는 바로 대한민국이 구축한 MD체계의 한 구성으로 로켓과 장사정포에서 쏘아 대는 포탄을 막아 낼 수 있는 능력을 가지고 있었다.

그러니 북한군이 보유한 그 어떤 무기로도 북진하는 K—3와 K21—105를 막지는 못할 게 분명했다.

이호성 준장은 자신들이 세운 작전 계획에 빈틈이 없음을 거듭 강조를 하였다.

울트라 코리아

"중국의 북부 전구 전력 중 일부가 북한 수뇌부와 접촉을 하고 내려올 수 있지만, 이 또한 대비를 하고 있습니다."

이호성 준장이 말하는 대비란 바로 3,000문에 가까운 K—9과 K—55 155㎜ 자주포와 230㎜ 견인포를 말하는 것이었다.

더욱이 230㎜의 경우 현재 차륜형 자주포로 개발되고 있는 중이라 이 또한 몇 개월 안으로 개발이 완료가 되고 금방 전력화될 예정이었다.

"그 정도로 충분하겠습니까?"

정동영 대통령은 자신 있어 하는 이호성 준장의 보고에 충분한지에 대해 물었다.

하지만 군사작전에서 충분하다는 말은 없었다.

그저 가용할 수 있는 전력을 가지고 최대한의 목표를 이루기 위해 작전을 세울 뿐.

결과는 하늘에 달린 일이었으니까.

"현재 저희 군이 작전에 투입할 수 있는 최대한도 내에서 입안한 작전입니다. 대통령님께서 북한군의 피해를 어느 정도 감안해 주신다면 조금 더 많은 전력을 투입할 수 있겠지만…….."

이번 작전을 구상할 당시 정동영 대통령은 북한군도 어차피 통일이 되면 하나가 되어야 할 사람들이니, 최대한 피해를 줄이라 명령을 하였다.

그리하여 합동참모본부에서 작전을 구상할 때, 북한군에 최소한의 희생만 일어나게끔 작전을 짤 수밖에 없었다.

전쟁을 앞둔 상황에서 말도 되지 않는 대통령의 요구였지만, 어떻게 보면 군인이 아닌 대통령이기에 그러한 요구를 할 수 있다는 생각이 들기도 했다.

자신들과는 달리 북한을 적으로 보지 않고 앞으로 함께하게 될 국민으로 보았으니까.

그렇지만 또 현재 국군이 가진 장비를 생각해 보면 북한군을 상대로 그러지 못할 것도 없다는 생각도 들었다.

그리하여 이호성 준장이나, 다른 합동참모부 장성들은 이 말도 되지 않는 작전을 구상하였고 실행에 옮기고 있었다.

"무슨 말씀인지 알겠습니다. 하지만 전에도 이야기를 했듯……."

정동영 대통령은 이호선 준장의 말이 더 이상 나오기 전에 가로막았다.

그러고는 모니터를 향해 천천히 손을 올려 손가락으로 가리켰다.

이들이 이렇게 이야기를 하고 있을 때, 모니터에는

남북을 가로막고 있던 철책을 넘는 제9기계화보병 여단의 K—3 전차의 모습이 드러나고 있었다.

                    *   *   *

[강원도 북부와 인천 경기 지역을 향한 북한군의 도발이 발생하였습니다. 하지만 만반의 준비 태세를 갖추고 있던 우리 국군의 대응으로 아무런 피해 없이 막아 낼 수 있었습니다. 하지만 우리는 더 이상 북한 정권의 무모한 무력 도발을 이대로 묵과할 수는 없다고 판단하여, 금일 북한군의 무력 도발이 발생함과 동시에 전 군에 데프콘1을 발령하는 바입니다. 또한……]

TV에서는 계속해서 북한군이 장사정포와 방사포 공격을 하며 무력 도발을 한 것에 대한 내용들이 쏟아져 나왔다.

뿐만 아니라 대통령 특별 담화로 전 군에 전시 상황을 알리는 데프콘 1단계가 발령이 되었다는 것도 보도되었다.

이 때문에 잠깐의 소란이 일기도 했지만, 얼마 지나지 않아 금방 사라졌다.

그도 그럴 것이, TV에서 대한민국 군이 잘 갖춰진 미사일 방어 체계로 북한이 쏟아 내고 있는 방사포와 장사정포의 포탄과 로켓들을 아무런 피해 없이 모두 막아 내는 모습을 가감 없이 보여 주었기 때문이다.

다른 때 같았으면 포탄이나 로켓 공격을 받아 폐허가 된 모습을 뉴스 화면으로 보았을 터인데, 이번에는 북한의 무력 도발로 인한 피해가 전혀 없었다.

게다가 마치 영화를 보는 듯한 장면이 연출이 되었기에 그리 큰 혼란이 생기지 않았다.

오히려 그동안 수해나, 가뭄 때문에 고생하는 북한 동포들을 생각해서 매년 각종 구호물자를 보내 준 것에 대한 고마움도 잊고 무력 도발을 한 것에 대한 성토가 벌어졌다.

또한 대통령이 북한 정권의 이러한 무도한 행위에 대한 더 이상의 관용은 없다는 담화와 함께 전쟁을 선포한 것에 대한 지지 성명이 여기저기서 터져 나오고 있었다.

"이번 대통령이 아주 난 사람이여."

"그러게 말일세, 속이 뻥 뚫린 것 같네."

"한반도가 통일되는 모습을 죽기 전에 볼 수 있다는 게 꿈만 같네, 허허허."

"그렇다면 다행이지만……."

막걸리를 따르고 있던 노인이 말끝을 흐렸다.

"우리 군이 이길 건 당연한데, 왜 그렇게 복잡한 표정

울트라 코리아

을 하고 있어?"

이에 맞은편에 앉아 있던 어르신이 의아하다는 듯이 물었다.

"중국 놈들이 가만있겠어? 나는 그게 걱정이지……."

"그것들이 뭔데 북한과 우리나라 사이에 간섭을 해! 쓸데없는 걱정하지 마. 우리 대통령님이 잘 준비해 놓았겠지. 그런데 말이야, 우리나라는 북한군이 공격할 걸 알고 있던 건가?"

"그렇지 않겠어? 아니면 이렇게까지 아무런 피해가 없을 수가 없지."

노인들은 그렇게 대화하면서도 다시 뉴스에 집중했다.

뉴스에서 대통령의 담화 말미에는 군이 진즉부터 북한의 이런 행위가 있을 것을 포착하고 대비를 하고 있었으니, 안심하고 평소와 같이 활동을 해도 된다는 말을 덧붙이고 있었다.

이에 대통령 담화를 시청한 국민들은 의아하다는 생각이 들었다.

한반도에 전쟁이 발발했는데 국민들에게 짐을 싸서 피난을 가라는 내용이 아닌, 평소처럼 생활을 하라고 하는 게 이상했기 때문이다.

하지만 TV에서 실시간으로 현 상황을 방송해 주자,

국민들도 그제야 대통령이 무슨 이유로 그러한 말을 했는지 알 수 있었다.

대한민국 국군은 대한민국 국민들이 생각하는 것보다 무척이나 강력한 군대였다.

평상시에는 영내 구타 사건이나, 휴가를 나온 병사가 사건 사고를 일으켰다는 등의 군인에 대한 명예를 실추시키는 뉴스만 나왔다.

아니면 고위급 인사들의 국가 기밀 누설이나, 방산 비리 등으로 주가 되다 보니, 국민들의 국군에 대한 신뢰가 무척이나 부정적인 것은 사실이었다.

그런데 막상 뚜껑을 열어 보니 그게 아니었다.

일부 군인들이 그런 몰상식한 행동으로 군인의 명예를 더럽히고 있었지만, 대부분의 군인들은 각자 자신이 맡은 임무에 충실히 이행하고 있었다.

그래서 북한군의 기습적인 무력 도발에도 조금의 피해도 없이 그것을 막아 낸 것이었고.

[우리 국군의 자랑스러운 특전사들은 북한의 핵미사일 기지와 생화학 무기를 보유하고 있는 화학 부대 및 SLBM을 보유한 잠수함 기지에 대한 특수작전을 펼치고 있습니다. 뿐만 아니라 북한의 주석인 김종은과 그의 가족들에 대한 신병 확보에 만전을 기울이고 있습니다.]

TV에서는 대통령 담화가 끝나자마자, 뉴스 앵커는 새롭게 전달받은 소식을 곧바로 국민들에게 알려 주기 시작했다.

유사시 북한이 대량 살상 무기를 발사할 수 있다는 판단 하에 특수전 사령부 예하 특수부대들이 북한 전역에 침투를 하여 시설들을 확보하기 위해 작전에 투입되었다는 사실을.

예전 같았으면 무슨 큰 비밀이라도 되는 것처럼 쉬쉬하며 숨겼을 군사작전까지 모두 공개를 하며 국민들을 안심시켰다.

이에 국민들은 솔직한 정부의 모습에 안심하고 일상으로 돌아갈 수 있었다.

하지만 그래도 전쟁이란 것에 대한 두려움이 있기에 마냥 편안한 모습들은 아니었다.

*   *   *

애애앵! 애애앵!

북한군과 마주하고 있는 휴전선 최전방 부대의 대북방송 스피커에서 요란한 사이렌이 울려 주변 일대를 시끄럽게 하고 있었다.

이윽고 사이렌이 멈추고 대북 방송이 송출이 되었다. 지지직!

— 금일 17시30분 북한군⋯ 하지만 우리 국군은 만반의 준비로 모두 막아 냈다.

남측의 대북 방송이 흘러나오자 북한군 측에서도 이에 맞대응을 하는 방송이 나오기는 했지만, 사전에 만반의 준비를 하고 있던 국군의 대북 방송에는 미치지 못했다.

— 이미 평양은 무력화 되었으며 기습 공격을 가한 북한군 부대들은 우리 국군의 반격에 지리멸렬하였다. 또한 정동영 대통령께서는 신의를 저버린 이번 무력 도발에 대한 대응으로 전쟁을 선포하셨다. 그러니⋯⋯.

대한민국 국군이 현재 송출하고 있는 대북 방송은 기존에 북한군에게 보내던 그 평화로운 메시지가 전혀 아니었다.

그것은 북한군이 기습 공격을 한 것에 대한 성토였으며, 이번 무력 도발이 단순한 국군의 준비 태세 점검 차원이 아닌, 진짜 전쟁을 불사한 공격이었음을 언급하고 있었다.

그리고 대한민국 국군은 이에 대응하는 한편, 군사행동에 들어갔음을 통보했다.

— 그러니 휴전선에 배치된 북한군은 지금 현 시간부로 더 이상의 무력 도발을 멈추고 그 어떤 군사행동도 하지 않길 바란다. 그것만 지켜진다면 우리도 너희를 공격하지 않을 것이다. 이것은 대한민국 대통령인 정동영 대통령께서 약속한 것이다. 다시 한번…….

대북 방송은 현재 무슨 일이 벌어졌고, 어떻게 하면 목숨을 보전할 수 있는지도 자세히 설명해 주었다.

이것은 정동영 대통령의 뜻이자 북한군을 향한 강력한 경고였다.

거기에 더해 대한민국 국군은 자세하게 북한의 전 지역에 대한 무력행사에 들어갔으며, 북한에서도 잘 알려진 제7기동군단이 출동할 것임을 알려 주었다.

이처럼 군사작전을 벌이면서 그 내용을 적이라 할 수 있는 북한에 알려 주는 행위는 보통 상식으로는 이해할 수 없는 일이었다.

그럼에도 불구하고 북한군에 이를 알려 준 것은 쓸데없는 희생을 줄여 보기 위해서였다.

한편, 국군의 대북 방송을 들은 북한군 초소에서는 난리가 났다.

＊　　　＊　　　＊

애애앵! 애애앵!

— 금일 17시30분 북한군…… 하지만 우리 국군은 만반의 준비로 모두 막아 냈다.

느닷없이 울리는 사이렌과 연이어 들린 남측의 대북 방송에 초소에서 근무를 서고 있던 북한 군인들은 긴장을 하며 귀를 기울였다.

"이게 무슨 일이네?"

"저도 잘 모르갔습네다."

질문을 받은 하급 병사는 그 또한 들은 바가 없었기에 모른다는 대답을 할 수밖에 없었다.

하지만 조용히 집중을 하고 남측에서 송출하는 대북 방송을 듣고 있자니, 조금 전 17시30분경에 동쪽 끝에 있는 1군단 소속 포병 부대와 서쪽 끝에 있는 4군단 소속 포병 부대에서 장사정포와 방사포를 동원해 남한을 공격했다는 내용임을 알 수 있었다.

"저거이 사실입네까?"

자신들이 먼저 남한을 공격했다는 소리에 하급 병사는 급히 초소장인 하사에게 물어보았다.

"그거이 내레 알 수 있갔어? 내도 모르는 일이다."

"하지만 그게 아니라면 저 남조선 동무들이 이럴 이유가 없지 않갔습네까?"

하급 병사는 그동안 이곳 초소에서 근무를 하면서 본 남한의 군인들은 자신들을 향해 도발 같은 행위는 절대 하지 않았다.

그에 반해 자신들은 남측의 준비 태세를 알아보기 위해 종종 도발을 했다.

그런데 지금은 정작 자신들은 조용히 있는데, 남측에서 먼저 도발을 넘어 전시체제로 들어갔다는 것을 알려왔다.

또한 아시아에서 가장 강력한 군단이라 할 수 있는 제7기동군단이 출동할 것임을 알렸고, 그에 대해 어떤 무력 도발도 용납하지 않을 것임을 경고했다.

이는 많은 의미를 포함하고 있었다.

— 그러니 휴전선에 배치된 북한군은 지금 현 시간부로 더 이상 무력 도발을 멈추고 그 어떤 군사행동도 하지 않길 바란다. 그것만 지켜진다면 우리도 너희를 공

격하지 않을 것이다. 이것은 대한민국 대통령인 정동영 대통령께서 약속한 것이다.

계속해서 들리는 내용을 통해 결코 자신들에게 유리한 내용이 아님을 알 수 있었다.

"동무는 여기서 계속해서 남조선 아들이 무신 말을 씨 부리는 것인지 듣고 있으라우. 내레 상부에 얼른 물어보고 오갔어."

초소장이 한껏 굳은 얼굴로 하급 병사를 보며 말했다.

그도 이 상황이 심상치 않음을 느낀 것이었다.

"어, 얼른 다녀오시라요."

혼자 남게 된 하급 병사는 떨리는 목소리로 대답을 하였다.

하지만 두려운 감정은 어쩔 수가 없었다.

남한이 전시체제로 들어갔다는 말은 언제 어디서 자신을 향해 총알이 날릴지 알 수 없었으니까.

다다다다!

북한군 하사 리상철은 급하게 중대 본부로 뛰어 들어갔다.

그런데 이런 모습은 비단 리상철 하사만이 하고 있는 건 아니었다.

휴전선에 배치된 거의 대부분의 초소의 초소장들이 비슷한 모습을 보이고 있었다.

그도 그럴 것이, 남한이 지금까지 한 번도 이렇게 강경하게 나온 적이 없었으니까.

자신들이 기관총을 발사해 도발을 했어도 겨우 땅바닥에 경고사격을 하는 정도로 그쳤을 뿐이었다.

하지만 오늘은 이상했다.

자신들이 초소에 기관총을 발사한 것도 아닌데, 먼저 대북 방송을 틀어 전쟁이 발발했음을 통보했다.

그 원인은 모두 북한군의 기습 공격 때문이라면서 말이다.

더 정확하게는 강원도의 1군단과 황해도의 4군단 예하 포병 부대에서 공격이 있었음을 알려 왔다.

이에 아무런 소식도 듣지 못한 2군단과 5군단 예하 전방 부대들은 난리가 났다.

특히 2군단의 경우가 더욱 심각했다.

그도 그럴 것이, 남한의 제7기동군단의 예상 진입로가 바로 자신들이 담당하는 지역이었으니까.

* * *

스르르르!

기존의 디젤 엔진을 가지고 있는 전차들과는 다르게 K—3 전차는 무척이나 조용했다.

그럴 수밖에 없는 게 K—3 전차는 디젤 엔진도 별로라면서 가스터빈 엔진도 아닌, 전기모터를 채택하였기 때문이다.

더욱이 궤도 또한 고무와 철제가 섞인 기존의 전차 궤도가 아닌, 신형 고무 궤도였기에 소음이 더욱 줄어들었다.

그러다 보니 K—3는 그 어떤 전차보다 소음이 적은 전차가 되었다.

막말로 30m만 떨어져 있어도 집중을 하지 않으면 들리지도 않을 정도로 정숙도가 높았다.

그 때문에 일각에선 전차가 갖는 효과 중 하나가 사라졌다고 불만을 이야기하기도 했다.

전차라는 무기가 단순하게 주포의 위력이 강하고 방어력이 높고 또 속도가 빠르다는 것만이 아닌, 그 웅장하면서도 육중한 무게에서 나오는 엔진 소음이 적게 공포감을 느끼게 만들었기 때문이다.

이런 효과가 있기에 적의 사기를 떨어뜨려 전투를 유리하게 가져갈 수 있었다.

하지만 대한민국의 최신예 전차인 K—3는 이런 측면에서 점수를 매긴다면 빵점에 가까웠다.

울트라 코리아

너무도 조용해 조금 멀리 떨어진다면 옆에서 지나가도 모를 정도였기 때문이다.

그렇지만 야간 기습 작전에는 아주 효과적일 것으로 판단이 되었기에 이런 불만을 표하는 관계자들의 말을 일축시키고 육군에 납품이 되었다.

"야, 저것 봐라!"

신기원 중위는 HMD(헤드 마운트 디스플레이)로 보이는 북한군 초소를 보며 소리쳤다.

전차장이자 소대장인 신기원 중위의 목소리에 포수인 정종철은 저도 모르게 전차장이 말하는 방향으로 고개를 돌렸다.

비록 지금 이들이 자리해 있는 곳은 K—3 내부였지만, HMD로 인해 밖의 모습이 뚜렷하게 보였다.

"뭘 보라는 겁니까?"

종철은 소대장이 무엇을 보라고 하는 것인지 알 수가 없어 물었다.

"뭐긴 뭐야, 북한군 초소지!"

저 멀리 산등성이에 작게 보이는 인공 구조물이 보였다.

딱 봐도 그것은 북한군 초소로 보이는 건물이었다.

"저게 어떻다는 말입니까?"

소대장의 말에 종철은 그게 무슨 상관이냐는 물음을

던졌다.

"저놈들 우리가 지나가는 것도 모르는 것 같지 않아?"

지금 신기원이 가리킨 북한군 초소는 이들이 지나가는 곳에서 불과 300m도 떨어지지 않은 아주 가까운 곳이었다.

그 정도 거리에서 전차가 한 대도 아니고 부대 단위로 지나가고 있는데, 이를 눈치채지 못한다는 것은 말이 되지 않았다.

하지만 신기원이 보기에 저기 보이는 초소에선 자신들이 오는 것을 알지 못하는 것 같았기에 신기해서 부하들에게 말을 한 것이었다.

"어? 소대장님 말대로 진짜 우릴 못 본 것 같은데요?"

정종철이 보기에도 소대장이 가리킨 북한군 초소에서는 자신들을 보지 못한 것인지 아무런 움직임도 보이지 않고 있었다.

"뭐, 알았다고 해도 문제될 것도 없지만요."

자신의 애마인 K—3 전차에 대한 자부심이 가득 찬 말이었다.

그리고 그건 종철이나 신기원 모두 같은 마음이었다.

최신형 K—3 전차를 배정받고 신기원과 정종철 등은

각고의 노력을 기울였다.

이들이 기존에 운용을 하던 K—1E2와는 그 궤가 다른 전차였기에 K—3의 성능을 100% 내기 위해선 각고의 노력이 필요했다.

드르르륵.

전차장인 신기원과 포수인 정종철이 이렇게 대화를 나누고 있을 때, 작은 진동음과 함께 이들이 쓰고 있는 헬멧의 화면에 글자가 새겨지기 시작했다.

[현재 지나가는 길목의 북한군 초소에 백기가 걸려 있습니다. 이는…….]

문자를 남긴 것은 바로 이들이 타고 있는 K—3 전차에 탑재된 인공지능 컴퓨터였다.

그리고 그 인공지능이 이들에게 현재 상황을 알려 주었다.

"아, 그래. 고마워, 엠마!"

신기원 중사는 자신의 애마인 K—3 전차의 인공지능에 자신이 좋아하는 외국 유명 여자배우의 이름을 붙여 주었다.

[별말씀을…….]

신기원의 감사 인사에 엠마는 마치 사람인 것처럼 대답을 하였다.

고사양의 인공지능은 아니었지만, IQ 100 정도의 지능을 가지고 있었기에 인간과 어느 정도 대화가 가능한 엠마였다.

'전방에 있는 북한군들이 백기를 들었다는 것은……'

엠마의 말을 들은 신기원이 두 눈을 반짝였다.

북한군이 자신들이 지나가는 것을 알고 백기를 든 것인지는 확신할 수 없었지만, 어찌 되었든 북한군이 항복을 한 것은 맞는 것 같았기에 어느 정도 안심이 된 것이었다.

최강의 전차이며 북한군이 보유한 대전차 무기 중 그 어떤 것에도 끄떡없다고 알려진 K—3였지만, 공격을 받을 수 있다는 것과 그렇지 않은 것의 차이는 날 수밖에 없었다.

"북한 애들이 항복한 것 같으니까, 속도 좀 높이도록 하자."

밖의 상황을 알게 된 신기원은 긴장을 잔뜩 한 채 다리를 덜덜 떨고 있는 부하들에게 속도를 높이라는 지시를 하달하였다.

더 이상 적들의 공격에 신경 쓸 필요는 없었기 때문이다.

물론 K—3 전차의 방어력을 믿고 있었기에 가능한 지시였다.

그렇게 신기원의 무전을 받은 그의 소대는 물론이고, 비슷한 시간에 인공지능의 보고를 받은 제9기계화보병여단의 K—3 전차와 K21—105 전투 지휘 장갑차는 속도를 높여 임무지인 압록강으로 향했다.

8. 김종은의 결심

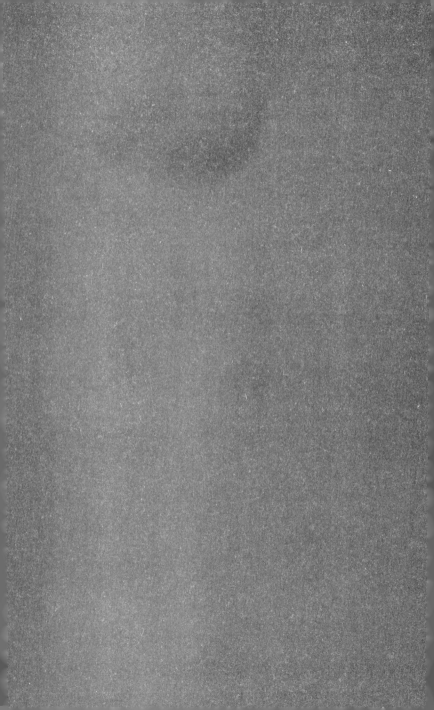

대한민국 육군 제7기동군단 소속 제9기계화보병 여단 소속 K—3 전차 부대가 휴전선을 넘었다.

부와아앙!

부우우웅!

제9기계화보병 여단 소속 전차 부대가 휴전선을 넘어 북한 지역으로 진격을 하는 모습을 지켜보는 사람들은 이제 곧 남북이 통일이 되는 것은 아닌가 하는 작은 희망을 가지고 지켜보았다.

이러한 희망을 가지고 지켜보는 사람들의 공통점은 바로 이들이 모두 실향민의 후손이거나, 북한을 탈출하여 고향을 등진 탈북민들이란 사실이었다.

아무리 강력한 세뇌도 굶주림 앞에서는 제힘을 발휘하지 못하였다.

북한은 김종은의 아버지인 김종일이 정권을 잡고 북한을 진두지휘할 때, 극심한 가뭄과 경제난을 겪고 있었다.

그러면서도 정권 유지를 위해 핵무기 개발에 열을 올렸다.

핵무기를 개발한다는 것으로 인해 국제적 지탄과 압력을 받아 외국에서 식량을 수입하지 못해 무수히 많은 아사자를 만들어 냈다.

그러다 보니 많은 북한 주민들이 생존을 위해 도강을 하여 중국으로 넘어가거나, 목숨을 걸고 동력도 없는 멍텅구리 배에 올라타 북한을 탈출하려는 시도를 하였다.

그런데 아이러니한 것은 북한에 남아 굶주림에 아사한 이들은 영웅 취급을 받는 반면, 북한을 탈출한 이들은 배신자로 낙인이 찍혀 목숨의 위협을 받는다는 것이었다.

참으로 어처구니없는 처사가 아닐 수 없었다.

국가란 국민의 생명과 재산을 지켜야 할 의무가 있었다.

그러한 의무가 있기에 국민은 그런 국가에 충성을 하는 것이었고.

그런 것도 지키지 못하면서 적반하장으로 국민의 생명을 위협하는 나라가 어떻게 해서 조국이 될 수가 있고, 국민의 충성을 바란단 말인가.

그렇기에 탈북민들은 이번 기회에 자신들을 고향에서 어쩔 수 없이 탈출할 수밖에 없게 만든 북한 정권이 무너지길 간절히 소망했다.

그리고 아직도 북한 정권에 속아 핍박받는 삶을 살고 있는 동포들에게도 자신들이 남한에서 누리는 자유와 행복을 느껴 보게 해 주고 싶었다.

*   *   *

"지금 압록강 이북은 어떻게 하고 있지?

뉴스를 보고 있던 수호는 슬레인에게 압록강 위에 있는 중국 북부 전구의 움직임에 대해 물었다.

[현재 북부 전구의 전력 중, 지린성 백산시에 주둔하고 있는 330 국경 여단과 78 집단군 202 합성 여단, 204 합성 여단, 78 포병 여단, 그리고 78 육군 항공 여단이 압록강 인근으로 전진해 있습니다.]

중국의 북부 전구 78 집단군은 17만 명에 이르는 인민 해방군으로 조직이 되어 있었다.

이 중 2/5에 해당하는 전력이 북한과 국경을 맺고 있는 압록강 이북에 전진 배치가 되었으며, 북부 전구 직할부대인 330 국경 여단까지 전진 배치가 되어 있다는 이야기였다.

그 정도 전력이면 거의 북한군 전체와 맞먹는 전력이 아닐 수 없었다.

특히나 78 집단군의 202, 204 합성 여단은 기계화보병 여단과도 같았다.

다만, 중국군 특유의 부대 편성이라 한국군의 여단과는 그 규모가 전혀 다른 사단급의 구성이었다.

즉 기계화 사단 두 개가 있는 것이라 보는 게 이해하기 쉬울 터였다.

중국에는 엄청나게 많은 군인들이 존재했기 때문이다.

거기에 포병 여단과 육군 항공 여단까지 뒤를 받치고 있으니, 이는 거의 군단에 비견되는 전력이 아닐 수가 없었다.

"현재 군이 짠 작전 계획으로 저 정도 전력을 막을 수 있을까?"

예상보다 더 많은 중국군의 배치에 수호는 순간적으로 긴장을 하며 슬레인에게 물었다.

[압록강에서 막기 위한 것이라면 조금 부족할 수 있겠지만, 전선을 조

금 뒤로 물려 포병의 지원까지 받는다면 충분히 상대할 수 있을 듯합니다.]

육군본부의 작전 계획은 중국군을 압록강에서 한 발자국도 한반도에 들어오지 못하게 하는 것이 절대 아니었다.

그들의 목표는 중국군을 한반도에 끌어들여 패퇴시키는 것이었다.

그렇게 됨으로써 대한민국이 중국 국경을 넘는 것에 대한 당위성을 부여한다는 계획이었다.

중국군이 먼저 대한민국의 국경을 침범했기에 국군이 중국으로 진격을 해도 국제 규범상 아무런 제재를 받지 않았기에 이런 계획을 세울 수 있던 것이다.

그래서 한국군은 중국군에 대항할 힘을 가지고 있으면서도 그들을 북한 지역으로 끌어들이기 위해 일부러 전력을 기울이지 않았다.

"그래도 혹시 모르니 이번에 생산되는 AHPS와 AHEPS를 군에 우선적으로 보내 줘."

수호는 슬레인에게 군에서 공중 순양함으로 명명된 AHPS와 공중 프리깃함인 AHEPS를 국군에 납품할 것을 지시했다.

원래는 이번에 생산되는 것은 UAE에 인계를 해야 할 물량.

하지만 한반도에 전쟁이 발발했기 때문에 우선적으로 국군에 납품을 하려는 것이었다.

[알겠습니다. 그렇게 처리하도록 하겠습니다.]

UAE에 현재 대한민국의 상황에 대해 언급을 하고 양해를 구할 수 있는 문제였기에, 신형 공중 순양함과 공중 프리깃함이 대한민국 국군에 인계하는 점에 문제는 없을 것이었다.

게다가 대한민국은 누가 뭐라 해도 수호의 고국이었으니까.

"그리고 UAE에는 이번 일로 문제가 발생하지 않게 양해를 구하고, 다음 번 생산분은 절대적으로 UAE에 납품하겠다는 말도 전해 줘."

[네, 그렇게 하겠습니다.]

그래도 납품 순번이 바뀌는 것에 양해를 구하는 것은 예의이기도 했다.

물론 무기 판매에서 갑은 어디까지나 생산하는 업체나 국가가 될 수밖에 없었다.

하지만 그렇다고 해서 막무가내로 그렇게 일을 진행했다가는 그동안 쌓아 온 신뢰를 잃을 수도 있는 문제였다.

이는 SH 그룹 혼자의 문제가 아니라 대한민국 방위산업체가 쌓은 신뢰를 한 방에 무너뜨리는 일이었기에

UAE에 이를 잘 설명해야 했다.

하지만 그러한 우려는 사실 기우에 가까웠다.

수호와 슬레인이 모든 능력을 기울여 개발 완료한 스카이넷 시스템은 세계 유일의 탄도미사일 요격 능력을 갖추고 있는 미사일 방어 체계로서, 이란으로부터 안보의 위협을 받고 있는 상태인 UAE에게는 그들에게 이 방공시스템을 판매해 주는 것만으로도 고마운 일이었기 때문이다.

그런데 그때, 전혀 예상치 못한 이로부터 연락이 왔다.

[마스터, 조금 전 만세르 왕자로부터 전문이 날아왔습니다.]

슬레인은 앞에서 말한 마스터인 수호의 지시를 받고 UAE에 현 대한민국의 상황을 알리고 계약된 공중 순양함과 공중 프리깃함의 인도가 늦춰지는 것에 대해 양해를 구하려 하였다.

하지만 그보다 먼저 UAE의 국방 장관인 만세르 왕자에게서 연락이 온 것이었다.

"무슨 내용이지?"

UAE 왕자 만세르에게서 전문이 왔다는 말에 수호는 고개를 갸우뚱거리며 슬레인에게 물었다.

조금 전 슬레인에게 지시를 하긴 했지만, 이렇게 빨리 올 줄은 몰랐기에 그런 것이었다.

하지만 그건 수호의 오해였다.

슬레인은 아직 UAE에 연락을 취하지 않았기 때문이다.

[이번 북한의 도발에 대한 애도와 필요하다면 이번에 UAE에 납품하는 AHPS와 AHEPS를 한국군에 먼저 인도해도 좋다는 내용입니다.]

슬레인의 보고에 수호는 두 눈을 부릅떴다.

국가의 안보를 생각한다면 이번 AHPS와 AHEPS의 인도는 UAE 입장에서도 무척이나 중요한 사항이나 마찬가지였다.

요즘은 좀 줄었다고는 하지만, 이란의 호르무즈 해협에 대한 위협은 그리 가볍게 볼 일이 아니었기 때문이다.

그럼에도 불구하고 만세르 왕자는 한반도에 전쟁이 발발한 점에 대해 애도의 마음을 전하는 한편, 한국에 AHPS와 AHEPS가 필요하다면 먼저 가져다 쓰라는 대인배적인 제안을 하였다.

이에 수호는 만세르 왕자를 다시 보게 될 수밖에 없었다.

이렇게 우호적인 관계를 맺고 있더라도 상대가 어려울 때, 손바닥 뒤집듯 태도를 바꾸는 이들은 도처에 즐비해 있었다.

하지만 이처럼 상대를 먼저 배려하는 만세르 왕자의

행동은 수호도 살면서 전혀 겪어 본 적 없는 특이한 경우였다.

수호는 깊은 감동은 느끼며 슬레인에게 쳐다보며 말했다.

"슬레인, 지금 당장 만세르 왕자에게 연결해."

[네, 알겠습니다]

만세르 왕자의 감동적인 메시지에 수호도 그냥 가만히 있을 수만은 없었다.

수호는 어떻게든 방금 전 느낀 감정을 조금이나마 그에게 전달을 하고, 나중에 이번 일이 끝나면 크게 보답을 하겠다는 다짐을 하였다.

[연결되었습니다.]

수호가 마음을 정리하고 있을 때, 슬레인이 만세르 왕자와의 통신이 연결되었음을 알려 왔다.

"왕자님, 양해를 해 주신 점 정말로 감사하다는 말씀을 드립니다."

통화가 연결되자 수호는 곧바로 감사 인사를 하였다.

— 뭐, 그런 것을 가지고 그러시오. 자네가 보내 준 것만으로도 우리의 안보가 확보되었고, 후속 납품이 조금 늦어진다고 문제가 발생할 리도 없어서 그리한 것이라네.

"그래도 북한과 중국의 관계를 생각해 보면 분명 중

국이 이번 문제로 뭔가 조치를 취할 것임에도 불구하고 왕자님께서 이렇게 배려를 해 주시니 정말로 감사할 따름입니다."

— 음, 그럴 수도 있겠군. 어찌 되었든 자네와 한국에 도움이 되었다니, 내 마음도 즐겁군. 내 일이 있어서 이만 끊겠네.

만세르는 일이 있다고 말하며 빠르게 전화 통화를 끝냈다.

하지만 이것이 자신을 배려한 것임을 수호도 잘 알고 있었다.

전쟁이 발발한 국가의 국민인 수호와 하하 호호 덕담을 주고 받을 순 없었으니까.

"슬레인."

[예, 말씀하십시오, 마스터]

자신을 부르는 수호의 부름에 슬레인은 바로 대답을 하였다.

"이번 일로 UAE에 고마움을 표하고 싶은데, 어떤 것이 좋을까?"

벌여 놓은 일이 많다 보니, 수호는 순간 이 기분을 표하기 위한 보답을 무엇으로 해야 할지 판단이 서질 않았다.

그래서 자신을 대신해 UAE에 필요한 무언가를 선택

하는 것을 슬레인에게 맡겼다.

그러자 슬레인은 아무런 거리낌도 없이 곧바로 대답을 하였다.

[UAE는 오래 전부터 식량이 부족한 나라라서 대부분의 식량을 외국에서 수입을 하고 있습니다.]

"식량?"

UAE에 보답을 하기 위해 궁리를 하는 수호에게 슬레인은 식량문제를 언급했다.

그러자 수호는 고개를 갸웃거렸다.

UAE의 인구는 대한민국의 1/5 정도인 천만 명이 조금 못 되었다.

그런 UAE이지만 산유국으로서의 그 부는 이루 말할 수 없을 정도로 어머어마하였다.

그런데 식량문제라니?

조금 아이러니하다는 생각이 들었다.

하지만 UAE의 지형을 생각해 보니 어느 정도 이해가 가는 부분이 없지 않아 있었다.

국토의 대부분이 작물을 재배할 수 없는 황량한 사막 지형이었으니까.

그러다 보니 농사를 짓는 것은 사실상 불가능해 보였다.

[오래 전부터 식량 자급을 위해 UAE는 많은 노력을 하였지만, 인프라

가 적어 결실을 맺지 못하고 있었습니다.]

"그럼 그것을 도와주면 되겠군."

슬레인의 이야기를 들은 수호는 이번 일로 고마움을 표하기 위해 UAE가 오랜 동안 노력을 해 온 식량 자급 문제를 해결해 주는 것으로 결정을 지었다.

다른 사람이 들었다면 이런 수호의 결정에 깜짝 놀랄 수밖에 없을 것이었다.

사막 지역을 어떻게 식량을 생산할 수 있는 곳으로 만든단 말인가.

물론 그런 비슷한 기술은 현재에도 있었다.

바로 스마트 팜이라는 기술로써 건물 실내에서 농작물을 과학적으로 생산하는 기술이 말이다.

발달된 과학기술을 이용해 인공적으로 기후를 만들어 식물이 자라게 만드는 것으로, 스마트 팜은 미래의 식량 생산 기술로 각광받고 있는 기술 중 하나였다.

더욱이 필요에 따라 생산량을 조절할 수 있다는 장점이 있기에 많은 선진국에서 연구하고 있기도 했다.

"슬레인, 그러한 기술은 알고 있겠지?"

UAE에 전해 줄 기술에 대해 결정을 내린 수호는 자신의 마스터키인 슬레인을 불러 스마트 팜 기술에 대해 물었다.

[물론입니다.]

당연하게도 슬레인은 수호의 질문에 바로 그렇다고 대답을 하였다.

인공지능의 레벨을 올리기 위해 인터넷의 바다에서 많은 것을 공부를 한 슬레인이었다.

그리고 그중에는 방금 전에 언급한 스마트 팜 기술도 있었다.

수많은 선진국에서 날로 늘어나는 인구와 기상 이변으로 줄어드는 농경지를 대신할 기술로써 천문학적인 예산을 투입해 연구하고 있었다.

그러니 슬레인도 이를 중요하게 여기고 찾아본 기술 중 하나였다.

[스마트 팜 기술을 통해 UAE를 지원하는 게 마땅해 보입니다.]

"그쪽의 기후와 잘 맞아서 그런 거겠지?"

[네, 그렇습니다.]

"전쟁이 끝나면 성의를 표시할 거니까, 미리 준비를 하도록 해."

[네, 알겠습니다.]

현대에 세계를 제패할 수 있는 분야는 바로 식량과 에너지 그리고 강력한 군사력이었다.

강력한 군사력, 즉 이것은 원초적 폭력과도 같은 것으로 아무리 많은 보물을 가지고 있어도 군사력이 없으면 여기저기서 물어뜯기는 호구에 지나지 않았다.

그리고 이러한 나라들 중 하나가 바로 과거의 대한민국이었고.

하지만 대한민국은 정수호라는 걸출한 인물이 나타나 부족한 힘을 가지게 되어 호구라는 자리에서 내려와 어느 누구도 함부로 할 수 없는 강대국이 되어 가고 있었다.

대한민국은 이제 강대국이 되었지만, 수호는 이전 자신들을 뜯어먹은 흉악한 국가들처럼 되는 것을 원하지 않았다.

그저 신의를 아는 그런 나라가 되었으면 하는 바람에서 UAE에 보답을 하려는 것이었다.

그것이 바로 UAE가 필요한 기술을 그들에게 전수하는 것이었다.

*   *   *

양강도 17호 안가에서 중국의 외교부장인 왕웨이와 통화를 기다리는 김연정은 한 시간이 삼 년과 같이 길게 느껴졌다.

초조한 마음은 둘째 치더라도 도저히 이해할 수 없는 이 상황에 모든 것이 불안하게만 느껴졌다.

그러던 중 겨우 왕웨이와 연결이 되었다.

"부장 동지, 저희 좀 구해 주시라요."

통신이 연결되자마자 김연정은 수화기를 들고 하소연을 하기 시작했다.

자신들의 예상과 다르게 남한이 곧바로 반격을 해 올 줄은 전혀 예상치 못했기에 김연정은 지금 이 사태가 조속히 해결되길 원했다.

— 너무 걱정하지 마시오. 북조선과 우리 중국은 형제로서 상호 보호조약이 있지 않습니까? 그러니 너무 걱정하지 마시오.

중국의 외교부장인 왕웨이는 자신들의 제안에 넘어가 한국에 무력 도발을 한 북한을 속으로 비웃으며 겉으로는 불안정한 김연정을 달래 주었다.

한편 이런 중국의 속내도 모르고 중국에 구원 요청을 한 김연정은 중국의 외교부장인 왕웨이의 말에 넘어가 미소를 지었다.

"정말 감사합네다. 역시 믿을 곳은 중국 밖에 없습네다."

하지만 김연정은 아무것도 모르고 있었다.

이 모든 것이 중국 정부의 계획 하에 진행된 것이라는 걸.

중국 정부는 오래 전부터 한반도에 대한 야욕을 가지고 있었다.

외부로 진출을 하기 위해선 넓은 땅은 물론이고 바다도 필요했다.

하지만 중국의 지형상 많은 부분이 다른 나라에 의해 둘러싸여 있었다.

동쪽은 미국의 동맹인 대한민국이, 남쪽은 대만과 일본이 막고 내고 있으며, 남서 방향은 동남아 국가들이 미국과 서로 협력을 하여 중국의 대양 진출을 막고 있었다.

애가 탄 중군은 북한을 이용해 한반도를 한 번에 집어삼키려는 계획을 세웠다.

그리고 그 첫걸음이 바로 북학과 대한민국의 전쟁이었다.

그렇지만 북한의 경우 이런 사항들을 모르기에 세계에서 유일하게 자신들을 상대해 주는 중국에 목을 매는 것이었다.

그것이 자신들의 목줄을 죄는 것임을 전혀 모르고 말이다.

중국의 외교부장인 왕웨이가 수화기 너머의 상대는 절대 볼 수 없을 미소를 한껏 지으며 말했다.

— 저희 중국만 믿으십시오, 흐흐흐.

*　　　*　　　*

양강도에서 김연정이 중국 정부에 구원 요청을 하고 있을 때, 평양에 침투한 김주성 대령과 777부대는 드디어 목표인 김종은을 생포하는 데에 성공하였다.

목표를 완수하는 데에 결정적 역할을 한 것은 아이러니하게도 김종은의 경호를 책임지는 호위총국의 사령관인 리병철이었다.

"종간나 새끼! 네가 날 배신하다니……."

김종은은 자신과 조금 떨어진 곳에 묶여 있는 리병철을 보며 소리쳤다.

하지만 그가 아무리 고함을 치고 소란을 일으켜도 리병철은 눈을 감은 채 전혀 미동도 않고 있었다.

나이로 치면 자신의 막내 아들뻘밖에 되지 않는 김종은이었지만, 오랜 시간 동안 세뇌에 가까운 말을 들으며 충성을 바친 존재였기에 아무런 말도 할 수가 없었다.

다만, 그렇게 충성을 한 김종은을 배신한 것에 대한 회한만이 그의 마음속 깊은 곳에서 심기를 어지럽히고 있었다.

'어쩌다 이렇게 된 것일까?'

리병철은 그렇게 속으로 스스로에게 질문을 해 보았다.

하지만 그렇다고 해서 답이 나오지는 않았다.

그나마 정답에 가까운 것은 이대로 가면 북한에게 남은 건 파멸만이 있을 것이란 사실이었다.

그것이 지금 자신들을 제압한 남한이 되었든, 아니면 이번 일이 벌어지기 전에 자신들을 부추긴 중국 정부에 의해서든 말이다.

두 나라 중 하나가 북한을 집어삼키는 것은 두 말할 필요가 없었다.

'지도자 동지가 때놈들을 너무도 믿은 것이 패착이야.'

리병철이 생각하기에는 김종은이나 그의 동생인 김연정은 심하다 생각이 들 정도로 중국 정부에 의지하고 있었다.

국제사회에서 다른 나라 정부를 믿는다는 것은 고양이에게 생선 가게를 맡기는 것이고, 도둑에게 금고를 맡기는 것이나 다름이 없는 행동이었다.

그러한 것도 모르고 너무 이른 나이에 정상에 오른 김종은이다 보니 오판을 한 것이었다.

시대가 바뀌었으니 정책도 바뀌어야 함에도 불구하고 그는 아주 구시대적인 정치를 하였다.

자신에게 위협이 되는 유능한 군인들을 숙청했으며, 북한의 경제 발전에 이바지한 고모부 또한 자신의 자리를 위협한다는 이유에서 숙청을 해 버렸다.

그 때문에 조국은 급격하게 경제가 무너졌으며, 김종은의 아버지인 김종일 때 겪어 본 극심한 고난의 행군을 또다시 걷게 되었다.

'어쩌면 그때부터였을 지도 모르겠군.'

리병철이 생각하기에 당에 회의감을 가지기 시작한 것이 언제일지 고민을 하다가 문득 그때 일을 떠올렸다.

강력한 핵무기만 개발이 된다면 인민들에게 따뜻한 쌀밥과 고기반찬, 그리고 고깃국을 마음껏 먹게 해 주겠다던 김종일의 말은 지금에 와서 생각해 보니 모두 거짓부렁이었다.

백두혈통을 경호하는 호위총국의 군관으로서 근무를 하고 지켜본 그들의 모습은 참으로 모순된 것들이 한두 가지가 아니었다.

사회주의 공화국에서는 모든 인민이 평등했고, 같은 것을 먹고 공평하게 나눈다고 배웠다.

하지만 현실은 그렇지 않았다.

프롤레타리아혁명을 통해 공산주의를 이룩하자던 김일상의 이념은 어디 가고, 그들만의 왕국을 만들어 착취와 차별이 만연한 국가가 되어 있었다.

물론 자신도 그러한 국가에서 수혜를 받은 인물인 것

도 사실이었다.

그렇지만 이건 아니란 생각이 들었다.

자신의 이득을 위해 공화국이 위험해질 수도 있는 위험한 제안을 돈과 무기를 받고 수락을 하다니.

그러다가 일이 잘못되어 수세에 몰리자, 자신의 안녕을 지키기 위해 부하들을 희생하는 김종은의 모습을 곁에서 지켜보면서 리병철은 크나큰 회의감에 휩싸일 수밖에 없었다.

그래서 배신을 한 것이었다.

이대로 가다가는 자신의 부하들이 한낱 의미 없는 희생을 하며 모두 죽을 것 같았기 때문에.

더 이상의 희생을 막아야 한다는 생각에 배신자란 낙인이 찍힐 것을 알면서도 침투한 남한의 특수부대를 김종은이 숨어 있는 곳까지 안내해 주었다.

그리고 지금, 자신 때문에 붙잡힌 것에 대해 악다구니를 쓰고 있는 김종은의 비난을 가만히 들었다.

"죽었네? 왜 말이 없네, 이 배신자 새끼야!"

김종은은 자신이 계속해서 떠들어도 아무런 반응이 없는 리병철을 보며 배신자라는 단어를 내뱉었다.

"배신자?"

드디어 굳게 닫혀 있던 리병철의 입에서 한마디 단어가 튀어나왔다.

지금까지 아무리 떠들어도 아무런 반응이 없던 리병철이 반응을 보이자, 점점 잦아들던 김종은의 목소리가 다시금 커졌다.

"기래 배신자, 종간나 너래 배신자야! 공화국 역사에 길이 남을 배신자!"

김종은의 거듭된 배신자란 말에 리병철은 다시금 입을 닫고 그 말을 곱씹었다.

하지만 얼마 지나지 않아 눈을 번쩍 뜨며 무서운 눈으로 자신을 비난하는 김종은을 노려보았다.

그러고는 말을 딱딱 끊으며 물었다.

울분과 화가 뒤섞여 더욱 살기가 넘쳐흘렀다.

"지금 날 보고 배신자라 했네? 그럼 대답해 보라우. 사회주의 혁명에서 혈통으로 정권이 계승이 되는 거이, 맞는 거임메?"

리병철이 노려보며 무섭게 질문을 하자, 김종은은 순간 당황하여 아무런 말도 하지 못했다.

그도 그럴 것이, 사회주의 이념에서 혈통에 대한 권력 승계는 철저히 비판하는 것이었기 때문이다.

사회주의 혁명이 왜 일어났겠는가?

바로 왕정으로 인해 노동자 계급에 대한 착취가 이루 말할 수 없이 부조리했기에 이를 타파하기 위해 벌어진 것이 바로 프롤레타리아혁명인 것이었다.

그런데 북한의 현실이 어떠한가.

소수의 권력자를 위해 인민 대다수가 희생을 하여 이룩된 곳이 바로 현재의 북한이란 나라였다.

그리고 지금 리병철은 그러한 점을 김종은에게 따지는 것이었다.

분명 자신도 그러한 체제에서 혜택을 누리던 계급이었지만, 김종은과는 한참이나 차이가 나는 불안한 권력이었다.

언제 어디서 숙청이 될지도 모르고, 아들이 아버지를 고발하고 아내가 남편을 고발하게 만드는 나라.

극심한 식량난에 이웃집 아이를 내 자식과 바꿔 잡아 먹는 야만의 나라가 바로 북한의 현실이었다.

그동안 리병철은 이러한 조국의 현실을 애써 외면하고 있었다.

하지만 더 이상 외면을 하는 것이 최선이 아니란 것을 이제야 깨달았다.

"지도자 동지가 중국 정부의 그러한 의뢰를 받아들였을 때, 공화국의 미래는 이미 결정되어 있던 것입네다. 그게 남조선이 되었든, 아니면 중국이 되었든 이미 결정된 것이라요. 알갔습네까?"

마치 무언가 복받치는 것이 있었는지, 리병철은 자신을 쳐다보고 있는 김종은을 향해 감정을 그득히 담아

소리쳤다.

"뭐이라? 공화국의 미래가 이미 정해졌다고? 그게 무슨 말이네?"

너무도 이상한 리병철의 말에 김종은은 황당한 표정으로 물었다.

그런 김종은의 모습에 리병철은 다시 한번 절망할 수밖에 없었다.

'이런 간나를 그동안 지도자로 알고 있었다니…….'

참으로 어처구니없는 일이 아닌가?

공화국을 둘러싼 국가들이 어떻게 돌아가는지 아무것도 모르면서 권력을 이양받아 국가 주석의 자리에서 무소불위의 권력을 휘두른 그를 보니, 모든 것이 허무하게만 느껴졌다.

하지만 질문을 받았으니 대답을 하지 않을 수가 없었다.

"중국 놈들이 어떤 놈들입네까? 김종일 동지께서도 죽기 전 말하지 않았습네까? 중국놈들은 절대 믿지 말라고."

김종은의 아버지인 김종일은 죽기 전 유언으로 여러 가지를 이야기했지만, 그중에선 중국에 관한 것도 있었다.

김종일은 절대로 중국 정부를 믿지 말고, 주체사상을

확립하고 자력갱생하라고 이야기하였다.

자신들의 필요에 의해서 언제든지 공화국을 배신할 수 있는 나라가 바로 중국임을 이미 알고 언급한 것이었다.

더욱이 중국 정부의 동북공정은 북한의 입장에서도 무척이나 위험한 것이었다.

고조선과 고구려 그리고 발해의 역사를 계승한 것이 바로 북한 정권의 정당성을 유지하는 근간이었다.

그런데 중국 정부가 동북공정으로 고구려라는 나라를 중국의 일부로 편입을 한다면 어떻게 되겠는가?

그건 바로 북한을 중국의 일부분이라 주장하는 것과 마찬가지인 점이 되는 것이었다.

그렇게 되면 현재 북한 지역에 자리한 북조선은 괴뢰 정부가 되는 것이었기에 김종일은 동북공정에 힘을 쏟는 중국 정부에 정면으로 대치를 했다.

그 때문에 당시 북한에 있던 친중 인사들이 대거 숙청이 되는 사건이 발생하기도 했다.

또한 김종은의 고모부인 장상택이 숙청되는 결정적 역할을 하기도 했다.

"중국은 이미 오래 전부터 지금을 준비하고 있었더랬습네다. 아시갔습네까?"

"아니, 그게……."

김종은은 그제야 중국이 자신들의 무리한 요구를 받아들이면서까지 남조선을 도발하게 했는지 그 저의를 깨달을 수 있었다.

　　겉으로는 자신들에게 진 것처럼 꼬리를 말았지만, 그것이 모두 작전이었음을 뒤늦게 깨달은 김종은은 허탈해졌다.

　　"지금이라도 인민을 생각한다면 무모한 저항은 그만 끝내십시오."

　　리병철은 더 이상의 저항은 인민의 희생만 늘어난다는 것을 어필하며 말했다.

　　"저들의 사령관과 대화를 해 보았는데, 남조선은 이미 공화국과 중국이 어떤 협상을 했는지 다 알고 있었습네다. 그러니……."

　　리성철은 처음 이곳에 침투한 남한의 특수부대 지휘관과 대화를 했다.

　　부하들의 희생을 멈추기 위해 나선 리병철은 대화 중 주성에게서 그가 알고 있던 정보를 듣게 되었다.

　　그중 리병철을 놀라게 만든 것은 중국의 외교부장이 잠수함을 타고 북한으로 들어와 누구를 만났으며, 어떤 내용의 협상을 했는지, 그리고 북한이 중국 정부에 어떤 요구를 했는지까지 모두 알고 있다는 말에 깜짝 놀랐다.

북한이 중국 정부에 어떤 요구를 했는지는 북한의 권력 서열 2위라 알려진 그조차 정확히 알지 못했기 때문이다.

그런데 천리가 넘는 거리에 있던 남한이 모든 정보를 알고 있다는 것에 놀라고 또 두려워졌다.

그리고 더욱 놀라운 사실은 남한이 이번 일로 한반도의 통일뿐만 아니라 옛 고구려의 땅이던 만주까지 노리고 있음도 듣게 되었다.

솔직히 그때는 그게 가능할까라는 의문을 품었지만, 이제는 아니었다.

그도 그럴 것이, 세계 어느 곳과 겨루어도 가장 완벽한 대공 방어 체계를 갖췄다고 알려진 평양이었다.

하지만 어떠한 조짐도 없이 남한은 평양의 방공망을 무력화시키고 침투를 하였으며, 몇 시간이 채 되지 않아 김종은의 지하 안가까지 찾아내지 않았는가?

이런 것들을 보면 충분히 그럴 수 있겠다는 판단이 섰다.

그런 판단을 내렸기에 리병철은 과감하게 배신이란 생각을 하게 된 것이었고.

"마지막으로 지도자로서 인민들을 위해 더 이상 저항하지 말고 투항을 하라는 명령을 내리시기 바랍니다."

급기야 리병철은 김종은에게 마지막으로 인민들을 위

해 항복 선언을 하라고 말했다.

그런 리병철의 말에 김종은은 한동안 아무런 말이 없었다.

그리고 무슨 결심이 섰는지 자리에서 일어나 밖을 보며 소리쳤다.

"이보라우! 내래 할 말이 있어. 당신들 지휘관에게 내 말을 전달하라우."

9. 중국의 야욕

중국의 사주를 받은 북한군이 강원도와 황해도, 동부와 서부의 끝에서 장사정포와 방사포로 기습 무력 도발을 함으로써 발발된 제2차 한반도 전쟁은 예상과는 다른 방향으로 흘러갔다.

이를 지켜보고 있던 세계인들을 깜짝 놀랄 수밖에 없었다.

비록 북한이 세계 28위에 불과하지만, 비공인 핵보유국이었다.

뿐만 아니라 탄도미사일과 화학탄 등 수많은 군사 무기들이 발달된 나라였다.

그런 북한이 기습 공격을 한 것이었기에 세계인들은 긴장을 한 채 이를 지켜보았다.

더욱이 한국은 얼마 전, 세계 최초로 완벽한 미사일 방어 체계를 개발하여 이를 실전 배치를 하지 않았는가?

그 때문에 더욱 관심을 보이며 지켜보고 있던 것이다.

그리고 대한민국이 채택한 스카이넷 시스템이라는 미사일 방어 체계는 북한의 기습 도발을 완벽하게 막아 내는 데 성공했다.

비록 탄도미사일까지 동원된 공격은 아니었지만, 북한은 수백 발의 포탄과 로켓을 이용한 무력 도발을 하였다.

하지만 너무도 완벽한 미사일 방어 체계인 스카이넷 시스템으로 인해서 단 한 발도 목표한 성과를 이루지 못했다.

그런데 그 뿐만 아니라 한국은 이런 북한의 무력 도발을 마치 예상이라도 한 것처럼 막아 낸 것은 물론이고, 이에 대한 보복으로 북한의 평양에 대한 공격을 감행했다.

이는 처음 반격을 한 우주군 소속 공중 순양함 01호인 봉황 1호에서 이를 생중계함으로써 대한민국 전역은 물론이고, 세계 전역에 실시간으로 방송이 되고 있었다.

소문으로만 알려진 대한민국의 비밀 무기인 EMP탄이 북한의 수도인 평양으로 발사가 되었다.

그리고 결과는 완벽한 대한민국 국군의 성공으로 드러났다.

봉황 1호에서 발사된 EMP탄이 장착된 활공 폭탄이 목표 지점에 정확하게 안착이 되고 상공에서 폭발을 하였다.

그로 인해 평양 중심가는 한순간에 전자 기기들이 멈춰 버렸다.

아니, 전기 회로가 EMP 펄스에 타버려 고장이 나버렸다.

그런데 이는 시작에 불과했다.

곧이어 봉황 1호에서 공수 낙하를 한 777부대가 EMP 공격에 공황 상태에 빠져 버린 평양에 침투를 하였다.

북한의 수도인 평양은 세계 어느 곳에 내놓아도 비교하기 힘들 정도로 방공망이 촘촘하다 알려진 그런 곳이었지만, 대한민국 국군의 EMP 공격 한 방에 무력화되었다.

또한 평양을 방어하는 북한군 평양방어사령부의 방

어력도, 북한의 주석인 김종은을 호위하는 호위총국도, 평양에 침투한 대한민국 특수전 부대인 777부대원들을 막아 내지 못했다.

이에 위협을 느낀 백두혈통(김연정과 김종은의 가족)은 양강도에 위치한 17호 안가로 피신을 하기에 이르렀다.

물론 이런 소식은 뒤늦게 알려진 것이지만, 어찌 되었든 대한민국 특수부대로 인해 북한의 무력 도발은 너무도 손쉽게 막혔고, 도리어 북한의 수도인 평양이 특수부대에 의해 함락되었다.

또 출동한 특수부대에 사로잡힌 김종은은 북한군에게 어떠한 도발과 공격을 하지 말고 항복을 하란 방송을 하였다.

이를 들은 북한군 내부에서 일부 반발이 있기는 했지만, 그런 부대는 사실 거의 전무하다시피 했다.

남한과 총부리를 맞대고 있던 휴전선에 있던 북한군 분대의 경우 오히려 이런 김종은의 성명에 환호를 보냈다.

그도 그럴 것이, 날로 심각해지는 식량문제로 인해 남측과 대치를 하는 것이 힘들었다.

낮에는 밭에 나가 일을 하고, 밤에는 초소에 나가 경계근무를 해야 하니 여간 힘든 것이 아니었다.

더욱이 바로 눈앞에 보이는 남측의 국군은 커다란 키에 덩치도 자신들과는 비교도 되지 않을 정도로 좋았다.

거기에 알게 모르게 들리는 남한의 소식으로 인해 대한민국 군이 얼마나 강력한 군대인지 너무도 잘 알게 되었다.

그럼에도 불구하고 군부 내에서는 정신을 차리지 못하고 권력투쟁에만 정신이 팔려 있는 이들이 대다수였다.

그들은 그저 핵폭탄 한 방이면 모든 것을 끝낼 수 있다는 말로 불안한 북한 주민과 군인들을 독려할 뿐이었다.

하지만 이제는 모두 알았다.

핵폭탄이 북한 주민들이 생각하는 그런 행복을 가져다주지 못한다는 것을 말이다.

핵무기는 사실상 동반 자살을 할 때 최후에나 사용하는 무기란 사실을 깨달았다.

그렇기에 수령인 김종은이 항복 선언을 했을 때, 철책에 있던 북한군은 겉으로는 침통한 표정을 지었지만 속으로는 환호를 했다.

이제는 더 이상 배를 곯고 힘들게 경계근무를 하지 않아도 될 것이란 판단이 섰기 때문이다.

그렇지만 빛이 있으면 그림자도 생기듯, 김종은의 항복 선언에 난감해진 이들이 있었다.

그들은 바로 뒤에서 북한을 사주한 중국 정부였다.

중국 정부의 예상에는 극히 희박한 확률로 남한이 북한을 역으로 공격을 하는 것도 예상 범위에 포함되어 있었다.

하지만 이렇게 무력하게 북한이 한국에 항복을 하는 것은 예상에 없었다.

아니, 중국 정부의 계산에는 만약 북한의 도발에 남한이 반격을 하게 된다면, 자신들이 그것을 이용하기로 하였다.

대한민국이 동맹인 미국과 한미 수호조약을 한 것처럼, 자신들도 북한과 중조 수호조약을 맺었기 때문이다.

그러니 만약 한국이 북한을 공격하게 된다면, 누가 먼저 원인을 제공을 했건 간에 중국은 북한을 돕기 위해 군사적 옵션을 행사할 수 있는 명분을 얻게 될 터였다.

이러한 조항을 이용해 이참에 핵 개발로 눈엣가시 같은 북한 정권도 갈아 치우고, 태평양으로 진출을 하려는 자신들을 막고 있는 미국에도 한 방 먹여 줄 수 있을 듯했다.

그리고 자신들이 한반도를 차지하게 된다면, 태평양 진출을 막고 있는 쿼드 주축국인 일본은 자신들의 가시 권 안으로 둘 수 있었다.

또 동맹인 러시아와 동해에서 합동훈련을 누구의 눈 을 피해서 할 필요도 없기에 한반도는 지정학적으로 너 무도 중요한 위치에 있었다.

그런 이유로 한국이 북한의 도발에 반격을 하여 평양 을 공격하는 것까지는 너무도 좋았다.

모두 자신들이 예상한 시나리오 중 하나였기 때문에 아주 좋은 결과라 할 수 있었다.

하지만 이들이 미처 예상하지 못한 것이 하나 있었 다.

북한의 요청으로 북부 전구 전력 일부를 북한으로 진 군시킨 것까지는 좋았지만, 설마 김종은이 이렇게 이른 시간 내에 항복 선언을 할 줄은 예상하지 못한 것이었 다.

*　　　　*　　　　*

중국 북경 주석 집무실.

"이게 어떻게 된 것이야!"

중국의 국가 주석인 진보국은 너무도 황당한 보고에

화를 내며 소리쳤다.

현재 자신의 명령으로 인해 북부 전구 병력 중 일부가 북한으로 들어간 상태였다.

그런데 느닷없이 북한의 김종은이 항복 선언을 한 것이었다.

이 때문에 중조 수호조약을 명분으로 북한 지역에 들어간 중국 인민 해방군에게 명분이 사라져 버렸다.

"그게⋯ 예상보다 한국군의 전투력이 막강하여⋯⋯."

주레이신은 조심스럽게 변명을 해 보았지만, 들려오는 것은 진보국의 호통뿐이었다.

"그런 것도 예상하지 못하고 작전을 짠 거야!"

그동안 MSS(국가 안보부)에서 수집한 정보를 토대로 수립한 작전이었다.

세계 최강인 미국에 맞서기 위해 그동안 중국 정부는 MSS에 많은 역량을 총동원하여 미국의 CIA에 못지않게 키웠다.

그리고 MSS의 성장에 중국 정부는 이제는 세계적인 정보 조직인 CIA에 버금가는 정보 조직을 완성했다고 자신하고 있었다.

그런 자신감에서 자신들이 수집한 정보를 바탕으로 이번 작전을 수립한 것이었다.

그리고 여러 가지 변수를 예상하고 그에 상응하는 작전들을 작성했다.

그렇기에 어떤 변수가 있다고 해도 모두 대처할 수 있다고 자신하고 있던 것이다.

그런데 결과적으로 모든 예상은 빗나가게 되었고, 그 어떠한 것도 이들의 예상과 맞는 것이 없었다.

"그래. 재래식 무기로는 북한이 남한의 상대가 되지 않지만, 핵폭탄과 탄도미사일 정도의 전력이라면 남한의 전력 1/3은 충분히 소비할 수 있다고 자신하지 않았나?"

진보국은 MSS의 수장인 주레이신을 보면서 눈을 부라렸다.

이런 진보국의 호통에 주레이신은 아무런 말도 못하고 고개를 숙였다.

그도 그럴 것이, 그 자신도 북한이 이렇게 무기력하게 무너질 줄은 예상하기 못했기 때문이다.

더욱이 남한이 북한으로 진격을 할 때, 북한은 그들이 자랑하던 탄도미사일을 단 한 발도 발사하지 못했다.

그리고 이게 어떻게 된 건지도 아직 원인을 찾지 못하고 있었다.

그러니 무슨 대답을 해도 주석인 진보국을 만족시키

지 못할 것이 분명하기에 그냥 처분만 기다리는 중이었다.

그런 주레이신의 처신이 맞았는지 이번에는 화살이 그가 아닌, 외교부장인 왕웨이에게 향했다.

"자네도 몰랐나?"

주레이신에게 한 것보다는 부드러운 말투였지만, 이 자리에 있는 이들은 잘 알고 있었다.

진보국이 정말로 화가 났을 때, 그의 말투가 어떻게 바뀌는지 말이다.

"비록 저희의 예상을 뛰어넘는 한국의 전력이 놀랍기는 하지만, 출동한 북부 전구의 집단군이라면 전장을 고착시킬 수 있을 것입니다."

비록 자신들의 예상과 다르게 김종은이 이르게 항복 선언을 하는 바람에 북한으로 넘어간 북부 전구 소속 인민 해방군이 고립이 될 수도 있었지만, 출동한 78집단군이라면 현재의 주둔지에서 전선을 고착시킬 수 있을 것이라 생각해 그렇게 대답을 하였다.

위성을 통해 확인한 한국의 전력은 아시아 최강이라 불리는 제7기동군단이기는 하지만, 그 전력이 기갑 전력의 일부에 지나지 않았다.

그러니 출동한 78집단군이라면 충분히 현재 전선에서 고착화할 수 있을 것으로 판단되었다.

왕웨이는 이러한 점을 진보국 주석에게 언급한 것이었다.

"78집단군이 정말로 진군하는 한국의 제7기동군단을 막아 낼 수 있다고 보나?"

진보국은 마치 확인을 하듯 물었다.

"물론 한국의 제7기동군단 전체라면 78집단군만으로는 이를 막아 내기 힘들 것이지만, 위성으로 확인한 결과, 한국은 빠른 진격을 위해 제7기동군단 전체를 진군하기 보다는 두 개 기갑부대만 선발대로 보냈습니다."

"그래? 그게 정말인가?"

아시아 최강이라 불리는 한국의 제7기동군단의 명성은 진보국도 익히 들어 알고 있었다.

그렇기에 겨우 집단군 하나만 북한으로 보낸 것에 우려를 하고 있던 진보국은 한국이 제7기동군단 전체를 북한으로 투입한 것이 아닌, 두 개 기갑부대만 보냈다는 왕웨이 외교부장의 말에 눈을 번뜩이며 중우한 목소리로 물었다.

"확실합니다. 그렇지 않나, 주레이신 부장?"

왕웨이는 조금 전, 진보국 주석에게 핀잔을 듣고 고개를 숙이고 있던 주레이신 MSS부장을 돌아보며 물었다.

중국의 모든 정보는 국가안보부로 들어가 다시 분배

가 되기에 이를 물은 것이었다.

"예, 현재 한국의 제7기동군단은 휴전선 일대에 집결하고 있고, 북한 지역까지 진격한 부대는 두 개 기갑부대가 전부입니다."

주레이신은 중국군의 개입을 막기 위해 압록강으로 진군을 하는 제9기계화보병 여단 예하 전차 부대 중 두 곳만이 진군을 하는 것에 대해 어떤 의심도 하지 않고 있었다.

그저 현재 상황을 모면하기 위해서.

"그렇단 말이지?"

"그렇습니다. 그러니 차라리 현재 상황에서 전선을 고착시키고 북한의 양강도와 함경도 지역을 저희가 차지하는 것이 어떻겠습니까?"

왕웨이는 주석의 화가 어느 정도 가신 것을 확인하고는 자신의 생각을 이야기하였다.

비록 계획한 것과 많이 틀어지긴 했지만, 북한 지역 일부라도 자신들이 차지하게 된다면 이도 나쁘지 않은 결과라 할 수 있었다.

한반도 전부를 차지하는 것이 가장 좋은 결과이기는 했지만, 어쩔 수가 없었다.

한반도는 지정학적으로 무척이나 중요한 지역이었으니까.

"전선을 고착화시켜 북한 땅 일부를 우리가 차지하자는 것인가?"

진보국는 방금 외교부장인 왕웨이가 하는 말이 그리 나쁘지 않게 들렸다.

원래 계획처럼 한반도 전체를 차지하면 좋겠지만, 현재 시점에서 그것은 불가능하다는 걸 깨달았다.

거기다가 한국이 자신들이 파악한 것보다 훨씬 더 군사력이 막강했기에 함부로 전쟁을 벌이는 것도 힘들었다.

그에 반해 전선을 고착화시키고 북한의 일부 지역을 가져가 동해로 뻗어 나갈 수 있는 길만 확보할 수 있어도 나쁜 결과라 할 수는 없어 보였다.

이는 떡 줄 놈은 꿈도 안 꾸는데 김칫국부터 들이키는 소리였다.

하지만 진보국이 생각하기엔 너무도 그럴듯한 제안이었다.

한국이 비록 예상보다 강력한 군사력을 보유하고 있다고는 하지만, 세계 2위의 군사력을 가진 자신들을 상대로는 감히 지금처럼 행동을 할 수는 없을 것이라 판단했기 때문이다.

"좋아, 그럼 왕 부장이 말한 대로 진행해 봐."

진보국은 고개를 끄덕이며 지시를 내렸다.

　　　　　*　　　　　*　　　　　*

UN본부.

국제연합 본부 내 작은 회의장.

중국의 대표인 양웨이쥰 외교부부장과 대한민국의 외교차관인 최종문이 심각한 표정으로 대화를 하고 있었다.

하지만 두 사람의 대화는 좀처럼 접점을 만들지 못하고 평행만 이루었다.

각자의 주장만 되풀이되는 중이었기에 협상은 좀처럼 끝날 기미가 보이지 않았다.

"중국은 대한민국의 영토에서 군대를 물리기 바랍니다."

최종문 차관은 잔뜩 굳어진 표정으로 단호하게 말했다.

그가 이렇게 행동하는 것은 어찌 보면 당연했다.

중국의 인민 해방군이 이제는 대한민국의 국경이 된 압록강을 넘어 한반도에 들어온 것에 대해 심히 불쾌했기 때문이다.

"그게 무슨 말인가? 당신들 한국군이야 말로 북조선에서 물러나시오. 그렇다면 우리 대국도 더 이상 당신들에게 어떤 해도 끼치지 않을 것을 약속하오."

마치 윗사람이 아랫사람을 나무라듯 양웨이준은 대한민국 외교차관인 최종문을 상대로 협상을 벌였다.

"지금 당신이 하는 말이 중국 정부의 뜻이 분명합니까?"

최종문 차관은 잠시 말을 멈추고 뜸을 들인 뒤 최종적으로 물어보았다.

더 이상 평화적으로 협상을 진행한다고 해도 저들은 계속해서 저 말만 반복할 것을 깨닫고 최후통첩을 하려는 것이었다.

중국도 뭔가 계획을 가지고 움직이고 있는 것임에 분명했다.

그러니 저렇게 말도 되지 않는 주장만 되풀이하고 있는 것이었다.

중국이 어떤 계획을 가지고 이렇게 어깃장을 놓고 있는 것인지는 알 수 없지만, 앞에 앉아 있는 양웨이준 외교부부장을 보면 대충 짐작할 수 있었다.

자신들이 옛 고구려, 백제의 옛 땅을 회복하기 위해 작전에 들어간 것처럼, 중국도 한반도를 자신들의 영토로 편입하기 위한 작전에 들어갔음을 말이다.

다만, 지금 여기서 최종문 외교차관이 이렇게 중국 대표를 만나 협상을 하는 것도 어디까지나 계획의 일환이었다.

후에 중국과 전쟁이 벌어졌을 때의 명분을 쌓기 위해서.

대한민국이 이렇게까지 하는 이유는 다름이 아니라 중국이 UN의 상임이사국이기 때문이었다.

그렇지 않았다면 굳이 이런 명분 쌓기도 필요하지 않았을 것이다.

UN이 국제 평화를 위해 결성이 되었다고는 하지만, 상임이사국의 힘은 무척이나 강력했기에 회원국에 지나지 않는 대한민국으로서는 어쩔 도리가 없었다.

상임이사국인 중국과 전쟁을 하기 위해선 명분이 필요했다.

현재 중국의 인민 해방군이 북한 지역에 들어와 있는 이유를 중조 수호조약 때문이라 주장을 하고 있었기에 UN에서도 막지 못하고 있었기 때문이다.

하지만 조금 전 전해진 소식에 의하면 북한의 수령인 김종은이 항복 선언을 하였다.

북한군에게 무장을 해제하라고 성명을 발표했고, 국군의 지시를 따르라고 한 성명이 전달되었다.

그렇기에 더 이상 중국 정부가 주장하는 중조 수호조약의 효력은 상실된 것이나 마찬가지였다.

이에 대한민국은 UN에 한반도가 통일되었음을 공식

적으로 선언하였다.

그와 함께 현재 북한의 양강도에 진입한 중국 북부 전구 소속 제78집단군에 대한 퇴거를 요청하였다.

하지만 중국 정부에서는 김종은의 항복 선언을 인정하지 않고, 이를 대한민국 정부가 김종은의 대역을 이용해 날조를 한 것이라 주장하였다.

그러면서 중국 정부는 김종은의 여동생인 김연정을 앞세워 북조선 해방을 천명한 상태였다.

이 때문에 UN 내에서도 대한민국 정부의 편에 서서 중국의 인민 해방군이 북한 땅에서 물러나야 한다고 하는 편과 중국의 행동이 정당하다는 편이 나뉘어 있었다.

중국의 행동을 지지하는 이들의 주장은 다음과 같았다.

김종은의 생사가 불분명한 상태에서 북한 정권의 핵심 인사인 김연정과 그녀가 보호하고 있는 김종은의 가족들이 중국 정부에 그들이 사인한 조약을 근거로 보호 요청을 했으니, 중국의 인민 해방군이 북한 땅에 주둔하는 것은 정당하다는 것이었다.

그렇게 설전을 몇 시간 동안 벌였지만, 결론이 나지 않아 회의를 일시적으로 중단하였다.

그리하여 한국 대표인 최종문 외교차관과 중국의 외

교부부장인 양웨이준이 따로 만나 협상을 진행하는 것이었다.

그렇지만 두 사람 모두 자신들의 모국에서 훈령을 받은 상태였기에 진정으로 협상을 할 생각은 없었다.

그저 자신들의 생각을 숨기고 상대가 어떤 뜻을 품고 있는지 알아보고, 명분을 가져오기 위한 요식행위일 뿐.

그리고 역시나 한국이나 중국 모두 비슷한 생각을 하고 있었다.

'너희가 무슨 생각을 하고 있는지 다 알고 있다. 하지만 결국에는 모든 것은 우리의 뜻대로 이루어질 뿐이야.'

최종문 외교차관이 이런 생각을 하고 있을 때, 중국의 외교부부장 양웨이준 또한 비슷한 생각을 하고 있었다.

'감히 소국 따위가 대국이 하는 일에 대항을 하려고 하다니. 너희도 이제 곧 대국의 일부가 될 것이다.'

둘은 상대의 얼굴을 노려보며 속으로 그런 생각을 하고 있었다.

*　　　*　　　*

[예상대로 중국은 78집단군 외에도 76, 79집단군도 움직이기 시작했습니다.]

지린성에 있던 78집단군에 이어 중국의 랴오닝 성에 주둔하던 76집단군과 헤이룽장 성에 있던 79집단군을 북한 지역으로 이동을 시켰다.

다만, 거리상 헤이룽장 성에 있는 79집단군의 경우 북한과 국경을 맞대고 있던 곳이 아니었기에 랴오닝 성에 주둔하던 76집단군에 비해 시간이 더 걸릴 예정이었다.

"흠, 규모는?"

중국 북부 전구의 정예라 할 수 있는 집단군 중 동북 3성에 있는 집단군이 모두 출동을 한 것이었다.

그것을 알고 있는 수호는 생각보다 더 큰 규모에 침음을 삼키며 슬레인에게 물었다.

[그들도 전황을 듣고 급히 병력을 이동시키는 중이라 기계화부대 위주로 이동을 하고 있습니다.]

대한민국 국군이 중국군의 남하를 저지할 목적으로 제7기동군단 내에서 기갑부대를 우선 북한 지역으로 진격을 시킨 것처럼 중국 정부도 비슷한 생각으로 기계화부대 위주로 북한 지역으로 보냈다.

다만, 여기서 차이가 나는 것은 중국 정부는 보병이 속한 기계화부대라는 것이고, 그에 반해 대한민국은 보병을 제외한 기갑부대라는 것이었다.

이 때문에 규모 상으로 대한민국 제7기동군단 예하 기갑부대는 중국의 세 개 집단군과 수적으로는 비교가 되지 않을 정도로 차이가 났다.

하지만 그 진실한 전력을 따져 본다면 실상은 그렇지 못했다.

대한민국은 비록 두 개 기갑부대를 보냈지만, 그들은 최신예 4세대 전차인 K—3 전차와 K21—105 전투 지휘 장갑차로 구성이 되어 있었다.

그렇기에 K—3의 성능에 한참 미치지 못하는 중국의 99식 전차와 같은 기갑부대는 사실 좋은 표적에 불과했다.

물론 휴대용 대전차 화기를 운용하는 보병의 경우에는 쉽게 포착하기 힘든 건 사실이었다.

하지만 국군에는 이러한 점들을 보완해 줄 전력이 있었다.

공중 11㎞ 상공에서 지상을 관제하고 있는 공중 프리깃함인 대붕이 그것이었다.

데이터 링크를 통해 대붕에서 관측한 것을 진군하는 K—3에 실시간으로 알려 줄 수 있었다.

뿐만 아니라 위협적인 표적에 한해서는 먼저 발견한 대붕에서 원격으로 표적 지정을 해 줄 수도 있었기에 큰 변수는 없을 듯했다.

"중부전구의 움직임은 따로 없는 건가?"

사실 4세대 전차인 K—3 전차가 개발이 되고 육군에 납품이 된 후로 수호는 대한민국 국군에 대한 걱정을 하지 않았다.

그도 그럴 것이, K—3 전차의 방어력은 절대 뚫리지 않는 방패와도 같았다.

거기에 더해 전차가 적에게 탈취가 된다고 해도 절대 사용하지 못하게 설계를 해 놓았다.

어떻게 그럴 수 있는 거냐는 의문이 들 수 있겠지만, K—3 전차를 운용하기 위해선 탑재된 인공지능의 허가 가 반드시 필요했다.

만약 허가를 받지 않고 무턱대고 K—3에 탑승을 하려고 한다면, 인공지능이 첫 번째로 경고를 하고 두 번째에도 불응을 하게 된다면 강제 진압을 하게 프로그래밍 되어 있었다.

물론 강제 진압이라고 해서 생명을 빼앗고 그런 것이 아니라 탑승구를 비롯한 모든 문을 잠가 버려 전차 내에 감금시키고, 헌병이 도착할 때까지 아무 것도 못하게 하는 것에 불과했다.

그러니 북한 지역으로 출동한 제7기동군단의 예하 기갑부대를 걱정하기 보단 정확한 적의 규모를 파악하고 이에 대한 군수 지원을 파악하는 것이 우선이라는 판단이 든 것이었다.

비록 수호가 군인은 아니었지만, 대한민국 국민이고 한때는 나라를 위해 일하기도 했기에 전쟁에 임하는 후배들이 고생을 하지 않게 하기 위해 지원을 하려는 것이었다.

[중국의 중부전구의 움직임은 아직까지 보이지 않고 있지만, 상관이 있겠습니까?]

슬레인은 중국의 중부전구의 움직임에 대한 수호의 물음에 그들을 걱정할 필요가 있냐는 질문을 하였다.

그도 그럴 것이, 지상 최강의 전차인 K—3가 실전 배치가 되었고, 또 가장 우려가 되던 탄도미사일의 요격이 가능한 스카이넷이 완성이 되었다.

아니, 완성이 된 정도가 아니라 실전에 배치를 했고, 만약의 변수를 대비해 230㎜ 초장거리포까지 배치 완료되었다.

그런데 무엇을 걱정을 한다는 말인가?

슬레인은 자신의 마스터인 수호가 너무도 걱정이 많다고 생각했다.

"물론 크게 문제가 될 건 없겠지만, 항상 최악의 상황은 염두에 두어야 해."

수호는 슬레인의 질문이 자신을 위한 말이라는 것을

알기에 별다른 말은 하지 않았다.

하지만 그건 그거고 이건 이거였다.

[알겠습니다. 중부전구의 움직임에도 예의 주시하고 있겠습니다.]

10. 청와대의 부탁

미국 백악관.

새벽 이른 시각에 소집된 국가안보회의였기에 피곤하기도 했지만, 회의에 참석한 NSC 위원들은 전혀 피곤한 기색이 없었다.

그도 그럴 것이, 그들이 보고 있는 모니터 속 상황이 너무도 충격적이었기 때문이다.

"오 마이 갓!"

"왓더 헬!"

각자 자신들이 선호하는 단어를 선택해 탄성을 지르는 그들의 표정은 하나같이 놀라움을 넘어 경악을 금치 못하고 있었다.

'한국이 언제 저 정도로 군사력이 강해진 거지?'

그들의 입장에서는 항상 원조를 받고 항상 미국의 아래라 생각하고 있었기에 더욱 크게 느껴졌다.

그리고 지금 자신들이 보고 있는 모니터 속 한국군의 모습을 통해 존 바이드 대통령을 비롯한 NSC 위원들은 큰 충격을 받았다.

더욱이 모니터 속 한국군은 그들이 가진 전력의 100%를 사용하지 않았다.

물론 상황이 북한과 전면전을 할 상황이 아니었기에 보복 차원에서 특수부대 몇 개를 동원한 것으로 판단이 되기는 했지만, 설마 그들만으로 북한이 항복할 것이라고는 어느 누구도 상상조차 하지 못했다.

물론 한국이 개발한 파워슈트란 첨단 과학으로 뭉친 신무기가 있다고는 하지만, 북한은 200여 개가 넘는 국가들 중 30위권 내의 군사력을 가진 나라였다.

게다가 전쟁은 보병만으로 하는 것이 아니었다.

그런데 그런 나라를 특수부대 몇 개로 점령을 하고 지도자를 생포하여 항복 선언을 하게 만들었다는 것은 이를 지켜본 이들에게 시사하는 바가 컸다.

'그동안 우리가 한국을 너무 쉽게 생각하고 있었군.'

존 바이드 대통령이나 NSC 위원들은 자신들이 얼마

나 한국을 무시하고 있었는지 새삼 깨달았다.

"존! 이거 일이 좀 이상하게 흘러가는데?"

부통령인 제레미 라이스는 심각한 표정으로 대통령인 존 바이드를 쳐다보며 말했다.

그가 이런 말을 하는 이유는 다름이 아니라 북한과 중국이 은밀한 협상을 통해 무력 도발을 할 것을 알고 있으면서도 한국에 알리지 않은 것에 대한 언급이었다.

다른 사람들이 동맹인 한국에 이 정보를 알리자 건의를 했을 때, 존 바이드 대통령은 독단으로 막았기에 이야기를 하는 것이었다.

"음……."

자신의 정치 동반자이자 친구인 제레미 라이스 부통령의 말에 존 바이드는 아무런 말도 하지 못하고 침통한 심음을 흘릴 뿐이었다.

그런 대통령의 모습에 다른 NSC 위원들도 그와 비슷한 표정을 지었다.

"지금이라도 한국과의 관계를 바로잡아야 할 듯합니다."

NSC 위원 중 한 사람이 입을 열었다.

"늦기는 했지만 만회할 기회는 충분히 있을 것 같긴 한데……."

제레미 라이스 부통령도 그 말에 동의한다는 뉘앙스

로 말했다.

물론 주어가 빠지기는 했지만, 이 자리에 있는 위원들 중 그가 말하는 뜻을 알아듣지 못하는 이는 아무도 없었다.

하지만 지금 자신들이 실수한 것을 만회하기 위해 안건을 꺼내 논의를 하고 있을 때, 이들보다 먼저 한국에 축전을 보내는 이들이 있었다.

*   *   *

"와! 대한민국 만세!"

모니터를 함께 보고 있던 정동영 대통령 이하 한국의 NSC 위원들은 일제히 환호성을 질렀다.

그도 그럴 것이, 방금 전 모니터에 나온 북한의 김종은 주석이 항복 선언을 했기 때문이다.

혹시라도 그가 미친 척하고 결사 항쟁을 했다면, 한반도에 제2의 6.25 전쟁이 일어날 수도 있었다.

그런데 다행스럽게도 김종은은 항복 선언을 했다.

이에 대통령 이하 NSC 위원들은 물론이고 현재 긴장을 하며 TV 앞에 모여 있던 대한민국 국민들은 김종은이 항복 선언을 했다는 뉴스가 나오자 일제히 환호성을 지르고 만세를 외쳤다.

"축하드립니다, 대통령님!"

"대한민국 역사에 통일을 이룩한 대통령으로 영원히 기억되실 겁니다!"

국가안보회의에 참석한 NSC 위원들이 정동영 대통령에게 한마디씩 하며 이 기쁜 소식에 열기를 더했다.

"여러분들의 노고가 있었기에 이런 업적을 이룰 수 있었습니다. 모두 고생했고 감사합니다."

정동영 대통령이 NSC 위원들에게 화답하듯 고개 숙여 인사했다.

따르릉!

그렇게 소란스러운 이때, 느닷없이 대통령 직통 전화기에 전화벨이 울렸다.

그것은 일반 업무용 전화벨 소리가 아닌, 각국 수장들과 연결된 직통 전화기의 벨 소리였다.

'지금 이 시기에 누가?'

책상 서랍 안에 들어 있어 발신자를 확인할 수 없었기에 정동영 대통령은 고개를 갸웃거렸다.

'아니?'

책상 서랍을 열고 직통 전화기를 확인한 순간, 정동영 대통령은 깜짝 놀랐다.

전혀 예상치 못한 인물이었기 때문이다.

전화를 건 사람은 바로 러시아의 절대자인 푸친이었

기 때문이다.

"안녕하십니까?"

전화를 받은 정동영 대통령이 예의를 갖춰 인사했다.

— 하하하! 북한의 무력 도발을 아무런 피해 없이 막아 내시고, 전쟁을 종식시킨 것에 대해 축하드립니다.

푸친도 한반도의 상황을 유심히 지켜보고 있던 것인지, 김종은이 항복 선언을 하자마자 바로 전화를 걸어 축하 인사를 했다.

"오! 말씀 감사합니다."

러시아가 이렇게 축하 메시지를 보내리라고는 생각지 못하고 있던 정동영 대통령이었다.

그것도 첫 번째로.

'그런데 동맹인 미국보다 러시아에서 먼저 연락이 오다니……'

정동영 대통령은 푸친의 축하 인사를 받으면서 그런 생각을 하였다.

그동안 대한민국은 세계적인 정치 이슈에 미국의 편에 서서 행동을 해 왔다.

그것이 대한민국에 불이익이 되어 돌아오는 일이라도 말이다.

하지만 그럴 때마다 미국은 한국이 받고 있는 불이익에 대해선 어떤 일언반구도 없었다.

대한민국은 그럴 때마다 울분을 참으며 인내해 왔다.

그런데 지금 대한민국이 휴전에서 종전으로, 그리고 분단에서 통일로 가는 길목에 서 있는데, 한때는 냉랭하기 그지없던 러시아의 대통령이 축전을 보내고 있을 이때, 동맹인 미국은 아무런 소식이 없다는 것이 아이러니하면서도 답답한 마음이 들었다.

우웅!

러시아의 대통령인 푸친의 축전을 받고 있는데, 또다시 직통 전화기에서 신호가 잡혔다.

— 하하! 한국의 기쁜 소식에 다른 나라에서도 축전을 보내오는 듯하군요.

수화기 너머 푸친은 마치 상황을 다 알고 있다는 듯 웃으며 이야기를 하였다.

"하하, 그런 거 같습니다."

— 하하, 많이 바쁘실 거 같으니 이만 끊도록 하겠습니다. 나중에 G20 회의 때 만나서 우리 러시아와 대한민국의 좋은 관계에 대해 논의를 해 봅시다.

푸친은 이제는 통일이 된 대한민국이 더 대단한 나라가 될 거라는 걸 알고 있다는 듯 향후 러시아와 대한민국이 좋은 관계가 될 수 있길 원하고 있었다.

"좋습니다. 지금보다 더 발전된 양국의 미래를 위해 그때 봅시다."

TV를 통해 대한민국의 국군이 가진 무력을 선보인 정동영 대통령은 더 이상 약한 모습을 보일 필요는 없다고 판단하여 당당하게 푸틴의 제안을 받아들였다.

그렇게 러시아의 대통령인 푸틴과 통화를 끝낸 정동영 대통령은 또 다른 곳에서 온 전화를 받았다.

이번에는 대만의 총통인 차잉원이었다.

중국의 위협으로부터 대만을 지키기 위해 모든 역량을 총동원하고 있던 차잉원 총통은 대한민국이 한반도에 평화를 가져왔다며 축하 메시지를 보냈다.

그리고 대만의 차잉원 총통에 이어 UAE의 대통령이자 아부다비의 국왕인 무함마드 빈 자이드 국왕과 사우디의 빈 살만 국왕이 축전을 보내 왔다.

뿐만 아니라 대한민국과 수교한 많은 나라들이 김종은의 항복 선언과 동시에 축하 메시지를 보냈다.

— 축하드립니다, 대통령님. 한반도의 통일과 평화를 이룩하신 점, 대한민국의 오랜 우방으로서 기쁘기 그지없습니다.

미국의 존 바이든 대통령도 뒤늦게 축하 전화를 걸었지만, 이미 많은 국가들이 정동영 대통령과 통화를 마친 뒤였다.

"축하해 주셔서 감사합니다."

— 혹여나 도움이 필요하시거나, 부족한 물자가 있으

시다면 말씀하십시오. 이럴 때야말로 동맹국끼리 서로 도와야 되지 않겠습니까.

"말씀은 감사합니다만, 저희의 힘으로 충분히 마무리 지을 수 있을 거 같습니다. 아, 그리고 지금 급한 일이 있어서 이만 끊어야 할 것 같습니다."

이미 미국에 실망감을 느낀 정동영 대통령이었기에 존 바이드 대통령과 더 이상 통화를 이어 가고 싶지 않았다.

— 아, 상황이 아직 정리되지는 않았겠군요. 제가 너무 오래 붙잡은 거 같습니다. 다음에 얘기를 나누도록 하지요.

당황한 존 바이드 대통령이 파르르 떨리는 목소리로 답했다.

"이해해 주셔서 감사합니다."

뚝.

"오랜 우방인 우리에게 그 따위 대접을 해 놓고도 좋은 관계로 유지되길 원하는 건가? 거참."

정동영 대통령이 고개를 절레절레 혼잣말로 중얼거렸다.

"그나저나 출동한 기동군단의 전력은 어디까지 갔습니까?"

미국의 축전의 받고 기분이 싱숭생숭해진 정동영 대

통령이 곧 평정심을 되찾고는 최대환 국방 장관을 보며 물었다.

김종은의 항복 선언을 듣고 북한과 한국의 전쟁은 끝난 것이나 마찬가지였지만, 대한민국의 전쟁은 아직 끝나지 않았다.

현재 북한 내에는 북한군 말고도 중국의 인민 해방군이 들어와 있었기 때문이다.

"현재 함경남도와 경계인 평양남도의 사창리까지 올라갔습니다."

최대환 국방 장관은 질문을 받자마자 곧바로 대답을 하였다.

원래 기동군단은 작전 계획에 따라 더 북쪽으로 올라갈 수도 있었지만, 평안남도와 함경남도의 경계 지역에서 진격을 멈추었다.

어차피 북한의 양강도를 제외한 전 지역을 통제하고 있었기에 큰 의미는 없었기 때문이다.

"여기까지는 우리가 준비한 시나리오대로 진행된 것이겠지요?"

"그렇습니다, 대통령님. 현재까지 저희가 준비한 작전 계획은 모두 완벽했습니다."

최대한 국방 장관이 정동영 대통령의 질문에 당당한 목소리로 답했다.

그도 그럴 것이, 현재 작전 계획들 중 실패한 작전은 단 하나도 없었기에 그렇게 말한 것이었다.

이는 정동영 대통령도 알고 있는 부분이었기에 고개를 끄덕이며 수긍해 주었다.

"최대한 국방 장관님도 그렇고 여러분들과 우린 대한민국의 군인들이 노력해 주었기에 이러한 결과를 도출해 낸 겁니다. 모두 자부심을 가지셔도 됩니다."

"네! 대통령님!"

회의실에 있는 이들의 대답 소리가 내부에 울려 퍼졌다.

"하지만 아직 모든 일이 끝난 것은 아닙니다. 북한과의 전쟁은 끝이 났지만, 중국이 남아 있습니다. 우리가 세운 계획대로 될 수 있게 여러분 모두 마지막까지 최선을 다해 주십시오."

"네!"

"이제 중국군들에게 본때를 보여 주도록 하죠."

이제 중국 인민 해방군이 이 지역으로 들어오는 순간, 그들은 대한민국이 자랑하는 제7기동군단이 왜 아시아 최강의 지상군임을 깨닫게 될 것이었다.

＊　　　　＊　　　　＊

저녁 늦은 시각, 하루 일과를 마무리하기 위해 수호는 슬레인을 불렀다.

"오늘은 여기까지 하는 것으로 하지."

[알겠습니다. 그럼 다음 일정은 어떻게 하시겠습니까?]

그룹의 회장이다 보니 예전처럼 하고 싶은 연구를 마음대로 할 수 있는 것은 아니었다.

물론 수호가 그룹 회장이기는 하지만 모든 업무를 직접 보는 것은 아니었다.

대부분 전문 경영인을 두고 대부분 일임을 해 두었다.

다만, 그들이 제대로 업무를 하고 있는지, 혹은 그들의 업무 범위 이상의 일이 있을 때는 직접 업무를 처리해야만 했다.

그렇기에 지금 슬레인이 마스터인 그에게 물어보는 것이었다.

북한의 무력 도발과 동시에 시작되는 고토 회복 작전도 함께 진행이 되기에 오늘 일정이 많이 늦춰졌기 때문이다.

"흠… 이것도 더 이상 늦춰서는 안 되는 일이긴 한데……."

슬레인의 물음에 수호는 한숨을 내쉬며 고민을 하다가 작게 중얼거렸다.

사실 수호가 오늘 낮에 가져야 했던 회동은 무척이나 중요한 일정이 아닐 수 없었다.

외계인인 프르그슈탈이 지구를 떠나면서 자신에게 남겨 준 유산을 연구하여 개발한 생체 재생 장치의 성능 측정과 개선할 점을 파악하는 업무였기 때문이다.

하지만 북한이 SH인더스트가 있는 양양에도 무력 도발을 하는 바람에 일정이 꼬일 수밖에 없었다.

사실 이것은 수호도 예상하지 못한 것이라 어쩔 수 없었다.

북한이 중국 정부의 사주를 받아 무력 도발을 감행할 것은 진즉에 예측을 하고 있었다.

그렇지만 북한이 전처럼 북한과 가장 가까운 백령도나 혹은 수도 서울과 가까운 서부전선에서만 도발을 할 것으로 예상을 했다.

그런데 북한은 한국 정부를 흔들기 위해서 그런 것인지는 모르겠지만, 서부전선에서는 물론이고 한 번도 하지 않던 양양쪽 동부전선에서도 포격을 비롯한 무력 도발을 한 것이었다.

이 때문에 양양에 자리한 SH인더스트리는 한순간에 북한의 공격 범위에 들어가면서 업무가 중단이 되고 말았다.

그리고 당연하게도 당시 SH인더스트리에 있던 수호

의 업무도 자연스럽게 중단이 되었다.

그래도 한 가지 다행인 점은 외계인의 기술을 해석해 모방한 재생 장치의 성능이 생각보다 좋아 본격적인 양산에 들어가도 좋다는 판단이 섰다는 것이다.

수호가 이 생체 재생 장치를 개발하는 것에 관심을 두는 것은 다름 아닌, 앞으로 발전할 대한민국의 우주 산업 때문이었다.

그리고 혹시 모를 사고에 대한 대비책이기도 때문이기도 했다.

외계인이 주고 간 장치는 수호만 조작할 수 있어 사용하는 데에 한계가 있었다.

더욱이 외계 문명의 것이라 외부에 알려지면 큰 소란이 일 것이었기에 드러내 놓고 사용할 수가 없었다.

그렇기에 수호는 슬레인과 함께 외계의 기술로 만들어진 생체 재생 장치를 지구의 기술로 재현하기 위해 연구에 들어갔다.

그리고 그 결정체가 바로 SH인더스트리 지하에 있는 장치였다.

"흠, 확실히 오리지널에는 한참이나 떨어지는군."

지구의 기술로 외계의 기술을 카피하여 개발한 재생 장치이다 보니 성능이 떨어지는 건 어쩔 수가 없었다.

[물론 그렇긴 하지만, 지구의 기술로 재현할 수 있는 최대 성능입니다,

울트라 코리아

마스터]

"어쩔 수 없는 건 알지만, 아쉬운 마음이 드는 건 어쩔 수 없군."

수호가 턱을 쓰다듬으며 말했다.

그가 이것을 양산할 계획을 잡은 것은 현존하는 그 어떤 것보다 세포의 재생 속도가 빠르기 때문이었다.

그리고 그 효과는 스카이다이빙 사고로 전신의 뼈가 모두 골절이 되어 생사의 위기에 놓여 있던 김정만이 멀쩡히 일상생활을 하게 된 것으로 충분히 증명할 수 있었다.

우수한 신체 능력과 삶에 대한 열정으로 간신히 생명을 유지하고 있던 김정만은 SH인더스트리에서 개발된 생체 재생 장치로 인해 빠르게 회복이 되었다.

생체 재생 장치는 200개가 넘는 인체의 뼈들 모두가 산산조각이 나 침대에서 생명 유지 장치와 연결이 되어 간신히 삶을 이어 가던 김정만에게 새로운 삶을 가져다주었다.

물론 그 과정이 쉽지만은 않았다.

처음 수호가 생체 재생 장치를 개발하고 김정만을 찾아갔을 때, 그를 돌보고 있던 많은 병원 관계자들이 만류했다.

그런 것은 들어 본 적도 없다며 사기꾼이라는 소리까

지 들어야만 했다.

물론 그들의 마음을 모르는 건 아니었다.

실제로 아무것도 모르는 상태에서 수호의 말을 들었다면 황당하다는 말을 할 것이고, 의사처럼 의학에 대한 지식이 있는 사람이라면 과학적으로 증명되지도 않은 얘기를 꺼낸다며 사기꾼으로 매도했을 테니까.

하지만 수호가 너무도 유명한 사람이다 보니 반신반의하는 사람들도 적지 않았다.

게다가 결정은 환자인 김정만의 몫이었기에 병원 관계자들은 한걸음 뒤로 물러났다.

그런 병원 관계자들을 보며 김정만은 어차피 자신은 더 이상 잃을 것이 없다고 말했다.

그도 그럴 것이, 이미 온몸의 뼈들이 부셔져 간신히 생명만 붙잡고 있는 상태였으니까.

연예인 생활을 하면서 많은 돈을 벌기는 했지만, 이 상태가 몇 년이 계속될지는 알 수 없었다.

결국 이대로 가다가는 자신으로 인해 가족들이 너무도 고통을 받을 수도 있겠다는 생각에 심사숙고하여 결정을 내렸다.

실험에 참여하는 것으로 말이다.

물론 그가 실험에 참여하는 모든 비용은 수호가 지불하기로 하였다.

또한 실험에 참가하는 대가로 그의 가족들에 대한 지원은 SH 그룹에서 하는 것으로 계약이 성립되었다.

물론 이것은 모두 수호가 김정만에게 도움을 주기 위해 후하게 대접해 준 것이었다.

막말로 이런 실험은 김정만이 아니더라도 지원할 사람은 많았으니까.

굳이 김정만이 아니더라도 상관이 없었다.

그럼에도 불구하고 수호가 김정만을 최초로 생체 재생 장치의 실험 대상으로 삼은 것은 전적으로 자신을 구해 준 은인이기 때문이었다.

그렇게 수호와 슬레인이 자신들이 알고 있는 과학기술을 총동원하여 부분 카피에 성공한 생체 재생 장치는 성공적으로 김정만의 부서진 뼈들을 제자리에 고정시키고, 퍼즐을 맞추듯 제자리를 찾게 만들어 주었다.

물론 완벽하게 완쾌가 된 것은 아니었다.

아직까지 김정만은 특수하게 제작된 전신 슈트를 착용해야만 활동이 가능했으니까.

산산조각 난 뼈들이 완벽하게 굳은 상태가 아니었기 때문이다.

그럼에도 김정만은 크게 만족하며 환하게 웃었다.

그러면서 수호에게 고맙다며 감사 인사를 아끼지 않았다.

하지만 수호는 김정만을 치료한 생체 재생 장치가 아직 미완성이라고 생각하고 있었다.

그도 그럴 것이, 아직까진 골절이나 타박상 등의 외상에 의한 부상에 대해서만 치유가 가능했기 때문이다.

하지만 수호는 외계 문명의 생체 재생 장치 정도는 아니더라도, 질병이나 혹은 방사능으로 인한 세포 변이까지 치료가 가능한 정도까지 목표로 하고 있었다.

그래야 앞으로 전개될 대한민국의 우주 개발에 일조할 수 있을 것이기 때문이다.

그렇게 고민을 하고 있는 수호에게 슬레인이 급히 말을 걸었다.

[마스터, 청와대로부터 긴급 연락이 들어왔습니다.]

"응? 무슨……."

[북한의 김종은이 청와대에 뭔가를 요구한 것 같습니다.]

"김종은이? 요구를 했다고?"

[예, 그렇습니다. 청와대에서 연락을 달라는 요청입니다.]

"흐음."

특수부대에 생포가 된 김종은이 청와대에 뭔가 요구를 했다는 것에 고개를 갸웃거리던 수호는 전화기를 들고 청와대에 전화를 걸었다.

"네, 대통령님. 저를 찾으셨다는 연락을 받았습니다."

— 아, 정 회장. 미리 연락을 했어야 했는데, 너무 급박한 상황이라 이렇게 실례를 무릅쓰고 연락을 드렸습니다.

"아닙니다, 대통령님. 대한민국에 도움이 되는 일이라면 무엇이든 도와야지요."

— 그렇게 생각해 줘서 고마워요, 정 회장.

"그런데 급박한 상황이라는 게 무엇 때문인가요?"

수호는 정동영 대통령과 짧은 인사를 마치고 곧바로 본론으로 들어갔다.

— 다름이 아니라… 김종은 주석의 요구 사항 때문에 그렇습니다.

"김종은 주석이 무슨 요구를 했습니까?"

— 중국군의 손에 있는 김연정과 자신의 가족들을 구해 달라 요청했습니다.

"흐음."

*   *   *

틱!

청와대에서 온 정동영 대통령의 전화를 받은 수호는 통화를 마치고 한참을 생각했다.

[때놈들의 손아귀에 있는 김연정과 내 가족들을 구해 달라!]

현재 김종은의 가족과 동생인 김연정은 양강도의 비밀 안가에 머물고 있다고 했다.

다만, 그들의 주변에는 안가를 지키던 호위총국의 군인들이 머물고 있는 것이 아니라, 김연정의 요청으로 북한에 들어온 중국의 인민 해방군의 특수부대가 배치되어 있다는 것이었다.

중국과 북한이 체결한 수호조약이 김연정으로 인해 발동이 되면서 이루어진 일이었다.

이 모든 건 돌아가는 사정이 불안해진 김연정이 독단적으로 중국 인민 해방군을 불러들여서 생긴 일이었다.

처음에는 이들이 자신의 안전을 위한 조치라고 생각했지만, 김연정은 중국 정부의 야욕을 너무 쉽게 생각했다.

북한 정권이 안정적이었다면 그러지 않았겠지만, 현재 북한은 대한민국의 특수부대로 인해 북한군이 가지고 있는 전략 무기들과 그것들을 운용하던 부대들이 모두 제압이 된 상태.

남은 것이라고는 전략적 가치가 떨어지는 보병과 재래식 병기로 무장한 병력들뿐이었다.

그래서 김연정은 자신의 안전을 위해 중국군을 불러

들인 것이었다.

하지만 이는 늑대를 피하기 위해 범의 아가리에 머리를 들이민 짓이나 다름이 없었다.

그리고 실제로도 현재 김연정과 김종은의 가족들은 중국 인민 해방군에 의해 포로나 다름없는 상태가 되어 안가에 연금되어 있었다.

이러한 사실을 알게 된 김종은은 곧바로 청와대에 제안을 하였다.

자신이 항복 선언을 할 테니 자신의 가족들을 중국 인민 해방군에게서 빼내 달라는 것이었다.

그리고 마음이 급한 김종은은 자신이 먼저 약속을 이행하겠다고 하면서 TV와 라디오를 통해 무력 도발에 대한 사과와 다시 시작된 한반도 전쟁에 대한 항복 선언을 하였다.

이렇게 김종은은 자신의 가족들을 위해 먼저 나서서 약속을 이행했다.

그 때문에 국군의 제7기동군단은 아무런 저항도 받지 않고 빠르게 북으로 진격할 수 있었다.

이 이야기를 들은 수호는 한참 동안 고민에 빠졌다.

'누구를 보내는 게 좋을까?'

수호의 고민은 바로 이것이었다.

이미 한반도는 남과 북이 통일이 된 상태.

다만, 문제는 북한 지역에 들어온 중국 인민 해방군으로 인해 평화가 잠시 뒤로 미뤄졌다는 것이었다.

게다가 대한민국 특수부대들이 북한군의 비밀 시설들과 전략무기 등을 확보하기 위해 모두 뿔뿔이 흩어져 작전에 참여하고 있었다.

그래서 정동영 대통령은 수호에게 부탁했다.

SH시큐리티의 힘을 빌려서라도 김종은의 부탁을 들어주어야 했으니까.

본래라면 민간 군사 기업인 PMC가 국가 간의 중요한 일에 참여하는 일은 거의 없다시피 했다.

하지만 상황이 상황인지라 도움을 요청할 곳이 수호의 SH시큐리티 밖에 없던 것이다.

게다가 수호 본인도 대한민국의 발전과 안보에 굉장히 관심을 가지고 있었기에 정동영 대통령의 부탁에 흔쾌히 수락을 했다.

이런 생각을 한 수호는 한참을 궁리하다 슬레인의 말에 눈을 떴다.

[마스터, 김국진 사장의 팀이 근처에 자리하고 있는 걸로 파악됐습니다.]

'그래, 김국진 사장이 있었지?'

[네, 마스터. 그리고 마스터께서 지시한 천덕골 지하 기지를 확보했다고 알려 왔습니다.]

그들이 천덕골 지하 기지를 확보한 것은 청와대도 모르는 일이었다.

남을 속이기 위해선 자신의 편 또한 속여야 비밀이 지켜지는 것처럼, 이 작전은 수호와 SH시큐리티 내에서도 김국진 사장 직계만 알고 있었다.

"슬레인, SH시큐리티의 김국진 사장 연결해 줘."

〈12권에 계속〉

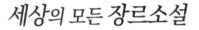